食遇

一个乡里小儿进城、留洋，
以食遇友，自得其乐的杂记

何晓毅 ○ 著

石堂由树 ○ 插图

上海三联书店

我妈说了:"肚子饿了,吃×都是香的。"

一个乡里小儿进城、留洋，
以食遇友，自得其乐的杂记

　　我是上世纪六十年代初所谓三年困难时期出生的，自认先天不足。我的家乡是少陵原上的北留村。我们北留村本来应该是一个虽难说美丽富饶、丰衣足食，但起码不会饿肚子的村子，但因大家都知道的原因，在上世纪六十年代和七十年代的很长一段时间，正好就是我出生和成长的那段时间却非常贫穷，穷得很多人家揭不开锅，甚至还有一些人家被迫出外讨饭。少陵原之名虽源于汉宣帝许皇后之陵，也有鸿固原等诗意的别名，还因杜甫"少陵野老"之号闻名于世，但其实却是个旱塬，缺雨少肥，土地贫瘠，物产单调，没有什么骄人的地方。只产小麦、玉米、小米、红苕等几种两只手可以数得过来的农产物。小麦产量很低，好不容易打下的那么一点粮食，还都上缴了公购粮以及超购粮，村里人只能跟着碾场的碌碡吃几天细粮。包谷小米等粗粮因为天候不顺（那时好像每年都说天候不顺！），收成总是不好。总之一句话，与课本上学的祖国地大物博、物产众多、丰衣足食相比，我们北留村不但地不大,物产也极不丰富,量也极少,人们连填饱肚子都成问题,所以根本谈不上会有什么美食。而我自己直到十五岁离开村子,也是几乎连肚子都没吃饱过,所以就更不用说吃什么美餐大菜了。

虽然没见过也没吃过,但也并不是什么都不知道。也许因为我父亲在城里大学教书的缘故,我们家在村子里也算是知识分子家庭,多少还是受一些影响,我从小很喜欢看书。那书当然大部分都是偷偷借来借去,没有了封面封底的。好多书直到后来上大学才知道那时看的是什么。学校老师也要我们订报看,说看了报纸才能知天下事。我听话,回家找母亲死磨硬缠硬是订过几年报纸(我们生产队好像就我家有报纸)。看书看报多了,比一般孩子知道的事情也就多了,具体到吃的,相比其他人也是知道的多了一些。比如从偷着看的外国小说上就知道了奶酪等很多莫名其妙的食物(虽然根本不知道是什么东西)。但也就仅此而已。基本上见都不可能见,更不用说吃了。

我小时候知道的最丰富的饭菜就是谁家过红白喜事时的席面。我们北留村一带的席面分五碗、八碗、十二件子几种。顾名思义,五碗就是四菜一汤五道菜,八碗也就是连汤八道菜,十二件子是最丰富的,一共有十二道菜,算是我们北留村的满汉全席了。从待客的席面上,就能知道谁家日子过得怎么样。如果能用十二件子待客,那可就赢人了,会被村里人津津乐道好几年。一般人家至多是八碗,五碗的也不少,我大伯家给儿子娶媳妇就是五碗。我们村很多人好长时间赞不绝口的是我大姐的婚宴。我姐夫是独生子,又在合作社工作,拿工资,吃商品粮,他们家族曾经是大户人家,经济条件比较好,做事情也比较讲究。据吃过那次婚宴的人说那才叫过去大地主家的婚宴。不但有十二道菜,在上菜以前还有四干果四凉菜,也就是客人入席后先上四小碟瓜子花生核桃大枣等干果,还有四小碟各种凉菜,然后才正式上十二道大菜,大菜中最被人看重的肘子肉,也很肥很大。村里很多人只从老人那里听说过这么隆重的席面,其实从来没见过也没吃过,那次算是开了眼界饱了口福。但是我每次听到他们议论却很沮丧,因为我大姐结婚,陪亲去的是我哥,不是我,我连看都没看到,更甭说吃了。我只能每次听着别人夸赞,自己流口水。

因此,等我长大后,特别是进城上大学以及后来漂洋过海后,就有了无数次初尝某种食物的记忆。因为我是一个没见过世面,没吃过美食的乡里小儿,所以几乎每次初尝到什么食物,都留下很深的印象,而且几乎每次初尝,还都有一个难忘的故事,难忘的相遇。甚至可以说,正是这些亲朋好友,才使我对那些初次品尝的食物永远不能忘怀,那些食物第一次入口的感觉和味道,永远留存在舌尖和心头。

妻说我是因为从小没吃过好吃的,所以对吃过的食物以及有关食物的记忆刻骨铭心。大概她是对的。有关食物的这些小事,我经常说给老婆孩子以及身边的人听。口气当然几乎都是"忆苦思甜"风格的。因为他们都生活在"吃饱了撑的"时代,什么都见过,什么都吃过,从来不可能有那样的经历,也不可能有那样的感受,所以他们有时对我说的那些人和事,还觉得有意思。

几年前,我跟单位领导搞不到一起,见一面一天不舒服,说一次话一周都难受,每天比较郁闷,感到很压抑。为了减轻精神压力,自我解脱,我尝试着想自己高兴的事,可是也没有什么值得不断回忆的高兴的事,想着想着经常就想到吃的故事了,想着想着,心里就平静下来,有时还感到幸福。后来我就尝试把这些七零八碎的有关吃的事情写下来。基本上是想到哪儿写到哪儿,不管什么章法文法,也不管别人如何感受。断断续续写下来,竟然也写了几十种食物。

人是一个欲壑难填的动物,我当然也不例外。本来是写着自得其乐,自我幸福的,但写得多了,就想能不能出版,让更多的人跟我一样"幸福"一下不是更好吗?通过我这无聊小文,跟我同龄的人至少能"忆苦思甜",引起某种回忆,回味一下那些将要风化的时代,产生某种怀古的思念;年轻人则可以通过这些无聊的杂记,了解一些父辈们的过去,体验一下父辈们的感受。

但是谁都知道如今纸媒出版业非常不景气,我这样一个乡里小儿进城留洋以食遇友自得其乐的无聊杂文,谁愿意冒险出版呢?果然问过好多出版社都被婉言拒绝。直到有天翻译家吴菲女士把我推荐给上海三联书店彭毅文小姐,我这些无人问津的"杂食"杂文才找到了归宿,或者说找到了愿意料理的大厨。经过彭小姐精心地清蒸热炒凉拌红烧油炸煮炖⋯⋯这盘大杂烩现在终于面世,摆上了席面,呈现在您的面前。

　　如果我这盘大杂烩的粗茶淡饭能给吃遍天南海北山珍海味生禽猛兽的您换一下口味,帮您爽一下口,那我就比吃什么都高兴了。

　　　　　　　　　　　　何晓毅

　　　　　　　　　　2014 年 7 月 3 日

　　　　　　　　　　于日本山口嗜眠斋

目录

回味集

初尝集

北京烤鸭

在所谓的大菜里,我很喜欢烤鸭。

这在当今的吃家看来已经很落后于潮流了。当今的吃家,要么是鲍翅海鲜,要么是杂粮山菜,烤鸭那都是骗老外的,真吃家谁还吃烤鸭呀?

说吃家我算不上,但是自认为也是喜欢吃的。到外地一般都要尝尝当地有特色的东西。现在到了北京,虽知土气,照例还是要去吃一次烤鸭。这毛病根深蒂固,不容易改,顾不得别人的眼光。况且每次都觉得好吃,并没有吃厌了的感觉,没有不吃的理由。

第一次吃烤鸭,那还是在北京上学的时候。有一年夏天老哥从西安来科学院学习,周末我们常常一起到市内闲转。他是第一次来北京,所以算是我带他转。要说我们哥俩关系本来也就一般,他比我大许多,小时候尽欺负我了,长大了他到城里上大学,我在农村读中学,也很少来往。现在我很愿意带他一起转,一是身在外地还是觉得家人亲,二是——这第二个理由才是最关键的——他已经当大学老师了,有工资,跟他就能沾光。

这天我们从天安门广场一直转到前门一带。前门果然跟小时候玩的"大前门"香烟盒上的那个城楼一样,很威风。但到了前门里边的大栅栏,却有些失望。因为大栅栏并没有想象的那么宽大,而是窄窄的街道,两旁都是很小的门面房。人倒是不少,热闹还是很热闹的。我们两个这家店进去看看,那家店进去瞧瞧,什么也不会买,就是漫无目的地乱转,转着转着就到中午了,肚子也饿了,应该找饭吃。可是看来看去,街上却没有几家饭店。有一家叫做"都一处"卖烧麦,可是我们不觉得好吃。然后有一家就是大名鼎鼎的"全聚德"烤鸭店了。全聚德门面虽然也不大,但雕梁画栋,看着就不一般。我们两个虽然是乡巴佬,但北京烤鸭可是早就听说过,知道那可是北京最好吃的东西了。但不但没吃过,连见都没见过,也不知道吃一次得花多少钱。我老哥当时也不知发了什么神经,竟他那守财奴啬蔷鬼,竟然说我们吃烤鸭吧。我直到现在都能感觉到他当时咬牙切齿豁出去了的那种心情。我们俩鼓足勇气,以英勇就义般心情,做贼心虚般行动,小心翼翼地跨进"全聚德"的门槛。可是一进去,却有点儿失望。因为里边并没有我们想象的那么可怕——不但不觉得豪华,更看不出高雅幽静,相反,窄小的大厅里很拥挤地摆着八仙方桌,所有的桌子都坐满了人,更可怕的是所有的椅子后边都站着人,眼睁睁地看着吃饭的。整个大堂,拥挤不堪,没有一点儿秩序,也没有一点儿吃大餐的气氛。如果不是桌子上的烤鸭片和荷叶饼,说这是西安大街上的羊肉泡馍馆子也不会错。

虽然有些失望,但也因此增加了一点勇气。因为不就是羊肉泡馍馆子嘛,肯定也贵不到哪里去。我们眼观六路,在拥挤的人堆中终于发现两把没有人抓的椅子背,赶紧挤过去紧紧抓住,然后就站在椅子后边,眼看着人家吃了。肚子饿了,也走累了,看着眼前油亮的烤鸭片,心里那个急呀,嘴里那个馋呀,无法言表。就这样,等啊等啊,两条腿轮换着支撑疲倦的身体,一口接一口咽下泉涌的口水。明知看人吃饭不礼貌,眼睛一会儿看天花板,一会儿看周围,最终还是忍不住要看桌子上的食物,更埋怨这些人怎么这么细嚼慢咽,这么从容悠闲?恨不得挤到他们的椅子上一起吃。

话虽这么说,手还不能离开椅背,得警戒有人把椅子抢走。大概等了个把小时，我们已经被折磨得死去活来了，眼前的人终于吃完，起身要走。我们不等人家屁股离开椅子，就挤着坐到人家的屁股底下，这才终于抢到坐位。坐下先买票。也不知道买多少。问了服务员，说两个人半只就行了，我们就点了半只烤鸭。

又眼睁睁地等了不知多长时间，盼星星盼月亮地，终于把鸭子盼来。端来的一盘烤鸭片，红润油亮，看了一眼口水就"唰"地出来了。我们也不知道怎么吃，照着刚才在椅子后边看别人吃的样子，把鸭片和葱丝蘸上面酱，拿荷叶饼卷起来咬一口，啊，皮脆肉嫩葱香酱甜，真是感动天下还有这么好吃的东西！我们两个狼吞虎咽地不断卷鸭肉吃。我看到盘子里还有从正中间劈开的半个鸭头，更是感动了：你看人家真不愧是有名的全聚德，说半只就半只，连头都给劈半个来！

正吃着，服务员端一盆汤来放我们面前。我们两个面面相觑，不知如何是好。因为我们分明没有要汤啊？老哥偷看别人，好像都有汤，就说也许这就是给我们的汤。我们虽然没要，但是既然端来了，咱就将错就错悄悄沾个光，不吃白不吃。反正钱都付了，如果他们说啥咱就说不知道，怪他们给端来。然后我们两个做贼一样，一人舀了一小碗汤悄悄喝。这一喝更不得了，如此鲜美！难怪我们家乡有句老话说"鸡皮鹅掌鸭子汤"，果然鸭子汤好喝！我们也顾不得什么了，把那一盆汤三下五除二就喝光。喝光了，虽也不见有人来说什么，但我们做贼心虚，没敢多停，急忙挤出门溜了。

一年以后了，我才知道那汤叫鸭架汤，是用鸭骨头架子做的。只要点烤鸭，就有鸭架汤，跟荷叶饼甜面酱一样，是附带的。

那以后，我跟同学也去吃过多次。那时烤鸭便宜，一只十块，半只五块。两个人五块钱要半只鸭，连汤带饼什么都有，就可以吃得很满足。谁过生日，我们就会敲诈他到烤鸭店去。前门全聚德人多，我们经常去和平门烤鸭店，那里门面新，店铺干净，大堂宽敞，条件好，人也不多。

大四时我第一次得到一百多块钱像样的稿费，花了六十多块钱在琉璃厂中国书店买了《全唐诗》等书，剩下的三四十块钱，差不多都给要好的同学敲诈去吃烤鸭了。

到日本后也有几次吃烤鸭的机会。但不是一整只端来在客人面前片肉，而是按人头算份，这就先没了气氛。端来的烤鸭，只有一层硬硬的皮，没有肉，吃到嘴里虽然也脆，但是没有嫩嫩的肉香，也就没了味。更令人不可思议的，是没有鸭架汤。后来看一个电视节目介绍东京一家五星级饭店的超级有名中国料理店，才知道他们做烤鸭不是烤，而是在油锅里炸。炸出来只要外边一层脆皮，剩下的肉和鸭架都当做垃圾扔了。看到那里我当下就火冒三丈："扯淡！这能叫北京烤鸭吗？"从此我自封正宗烤鸭传道师，如果有机会跟日本人到有名餐馆吃中国大菜，就给他们说真正的烤鸭是什么，应该到哪儿去吃。只可惜我跟日本人吃饭的机会也不多，更少一起吃中国大菜的机会，所以这"道"也传得不怎么样。

(2004.5)

担担面

提到新街口,上过北师大的人都会感到亲切。当年的新街口是离北师大最近的繁华区,是我们的活动中心之一。看电影是新街口工人文化馆,除了班上组织看以外,走红的电影我们还经常到电影院门口去吊票;买东西是新街口百货店,我的假军大衣,穿了四年的红卫服都是在那里买的;照相是新街口照相馆,我们班的毕业合影就是在那里照的。

但是我对新街口的怀念,最主要的却是"吃"。新街口有北京唯一的一家羊肉泡馍的馆子,叫"西安饭店",只要我囊中不羞就会光顾。还有一家即使囊中羞涩也能光顾的地方,是"西安饭店"旁边的一家担担面馆。

这家担担面馆门面很小,也不起眼,大堂也小,就摆了两三张桌子。里边照例黑咕笼咚,脚底下照例粘呼呼脏兮兮,可却总是挤满了吃面的人,很多人干脆就端着碗站在门口吃,什么时候去都要排队。柜台正对着门,里边是一个胖胖的姑娘,穿着不很干净的白衣服。那胖姑娘也胖得有水平,

胖得你担心她的鼻子眼睛什么时候就会被脸蛋埋没,可是却可爱,百看不厌。她照例从来不笑,照例服务态度不敢恭维。你什么时候去都见她在那儿边售票边大声喊号码。她的背后是一个没有门扇的门,门里边就是冒着热气的大锅,能看见有师傅拿着长木柄的漏勺在煮面。

排队在胖姑娘那里买了票,剩下就是等了。运气好也许能有空位子,运气不好,就只有站着。那面是大锅下,所以出来是一拨一拨的。面也只有一种,就是担担面。一拨担担面一出来,胖姑娘就大声叫号。叫到你的号,你把票给胖姑娘,她就给你推过来一碗。那刚出锅的面,面上是浓厚的芝麻酱,脆脆的榨菜末,汪汪的油辣子。端着一碗诱人的担担面,或坐或站,吃一口又辣又烫,呲牙咧嘴,顿时浑身舒坦。特别是冬天,真是一种享受。虽然人多、店脏,而且常常下午正吃着就要关门扫地把人往出赶,但正所谓味美价廉,还因为有耐看的胖姑娘,所以我经常去。无聊的时候,我经常一个人到豁口徐悲鸿纪念馆,花五分钱用学生证买半票,在几乎没人的纪念馆里慢慢欣赏一遍徐悲鸿的画,消磨大半天时光,然后走到新街口,吃一碗胖姑娘的担担面,再坐车回学校。大学四年,多少次同样的光景。

　　毕业后吃担担面的机会并不多。西安面食种类太多,根本没有担担面的立足之地。到外地出差,各地有各地的小吃,也没必要专门吃担担面。虽有一次到成都出差的机会,但因为是带着老外,所以每天宴会什么的,不记得吃过担担面没有。倒是到了日本,反倒吃过几次所谓的"担担面"。日本人本来不喜欢吃辣的,可是四川菜在日本却有名。这是因为有一个叫陈建安的四川籍华侨,按日本人的口味调整了味道,在日本经营几十年,使得四川菜在日本倒比别的中国菜系名声大,搞得麻婆豆腐人人都知道,担担面谁谁都晓得。可是吃了那改造过的四川菜,真是哭笑不得:麻婆豆腐不辣也不麻,只能叫炒豆腐;担担面也徒有其名,没有芝麻酱的浓香,没有榨菜的脆咸,没有油辣子的刺激,只是一碗漂一点红辣油的汤面。还有一点令人气愤的是,太贵! 比一般的汤面都贵!

　　所以我直到今天还是觉得世间真正的担担面就是新街口胖姑娘卖的担担面,不管别人怎么说。

(2004.5)

松花蛋

上大学时我有一个要好的同学,名字的发音跟当时的美国总统一样,我们常常拿他开玩笑。我不喜欢上课,他比我更不喜欢上课。我们两个的作息时间很接近。早上同样起不来,被班长催促到早操的广播都响了才睡眼朦胧地爬起来跑下楼迷迷糊糊做操。上午上课,同样都是坐后边趴桌子上睡觉,一下课就精神,跟人说说笑笑。吃午饭后的时间也出奇地一致:吃完饭就睡午觉,如果没课,一般睡到四点左右。起来洗把脸,下楼到操场打球或踢球。五点半早早到食堂吃晚饭,吃完晚饭,才跟别人一样,装模作样去教室上自习。

按理说自习本来是自由的,可去可不去,可学可不学,但是学校那氛围,不去是万万不行的。中午睡午觉了别人去教室自习你不知道,所以不会有什么心理压力。可是晚上不同,没有人睡"晚"觉,别人都在教室学习,你一个人在宿舍玩儿,那多惭愧? 不惭愧也心虚啊! 所以我们那时感觉最开心的莫过于停电了。停电了谁也不能学习,这样玩儿起来才能心安理得。

我们中文系没有固定教室,晚上上自习实际是打游击,首先找根据地就不容易。图书馆占座位跟打仗似的,我们都是"和平主义者"(懒惰的代名词),不愿意跟人抢,所以只能退避三舍。教室吧,也不知道哪个能进,哪个不能进。看见亮灯的教室,就小偷似的悄悄推开门,从门缝往里看。如果齐刷刷地坐着人,就是在上课,那不能进;如果零零星星三三两两坐着人,就表明没有集体活动,这才能悄悄进去。可是常常突然就有人进来说这个教室要做什么做什么,免不了中途被人赶出来。

如此三番楼上楼下地跑,好不容易找到教室能静静坐下来看一会儿书,九点多教室又要熄灯了,只好收拾书包回宿舍。回宿舍的时候,最大的难关到了——饿得发疯!

本来学校食堂六点多就关门了,晚上不说饿疯,你就是饿死,也没人管——想管也管不了啊!食堂早就关门了,到哪儿去给你弄吃的呢?

大学二年级的时候,学校也搞改革,把一个规模小的学生食堂改造成营业性质的食堂,起名叫"乐群食堂"。那匾还是大名鼎鼎的启功先生题的字。当时知道启功先生字好也就是学校范围内的事。大概后勤让启功先生给题这个匾,还觉得抬举你启功了,一分钱也没给。放现在肯定不得了。反正那时只觉得有了一个饭馆,学生食堂关门了也有吃饭的地方。"乐群食堂"晚上营业到十一二点。卖馄饨呀面条什么的,很方便。方便了问题也就出来了。晚上下自习回来肚子饿得发慌，原来没有地方吃饭，饿死也没办法。现在有吃饭的地方了，要是没钱不能吃，只能干瞪着眼等死，那不是更折磨人吗？当时觉得说痛苦没有比这更痛苦的了。

我和这个同学算是比较经常光顾的。每个月掐算着日子，不是你请我，就是我请你。说请也最多是一碗馄饨，或者一碗汤面条。冬天晚上从教室走回来，像生活在万恶的旧社会一样"饥寒交迫"，这时能吃一碗热呼呼香喷喷的馄饨，那才是解放区的天是晴朗的天的解放后的感觉。

学生里也有有钱人，经常能看到有人三三五五地坐在一起喝啤酒。看人家桌子上的下酒菜，油炸花生米呀凉拌菜呀的，很眼馋。那些人的下酒菜里常见一盘黑黑的蛋，人说那是松花蛋。我不知道，那个同学跟我一样土老帽，也不知道。看着黑黑的，泥巴一样，怎么能吃呢？有一天晚上，我们两个说咱们也尝尝，就要了一个松花蛋（不是一盘）。松花蛋拿来，我们找拐角的桌子坐下，鬼鬼祟祟地剥开外边的稻壳泥巴，再剥开青白色的蛋壳，剥出来一个我们北留村涝池的青

泥巴一样颜色的蛋，蛋皮上有淡淡的雪花一样的斑纹。哦，原来这就叫松花蛋！可是怎么吃，什么味？我们俩谁也不知道。我让他先吃，他不敢吃；他让我先吃，我也不敢吃。我们俩推来推去，谁也不愿意先下口。没办法，我们把那青泥巴一样颜色的蛋掰开分成两半，一人一半，说咱俩一起吃，互相监督着差不多同时战战兢兢地咬了一小口，却"哇"的一声同时吐了出来："这么难吃？涝池的泥巴呀！"

我们两个拿着剩下的松花蛋，一下没了主意。扔了不但可惜，被人看见了也显得土老帽；不扔又吃不成，真是哭笑不得。最后还是悄悄扔了。

从那以后，大学几年我们俩再也没买过松花蛋吃。能吃松花蛋，而且开始喜欢吃松花蛋，都是工作以后的事了。在日本一般把松花蛋叫做"皮蛋"，应该是南方传来的叫法吧。令人气愤的是在日本松花蛋很贵，也不容易买到，所以虽然我已经很喜欢吃了，但也很少吃。现在只能回国的时候过过瘾。

与美国总统同名（同音）的那个同学毕业后我们只见过一次，虽然也通过几次电话，但终究没有问过他能吃松花蛋了没有。他如果也喜欢上了，国内又便宜，在吃松花蛋上他要比我幸福多了。

(2004.5)

方便面

我自己认为自己因循但不守旧，保守却也革新。比如接受新生事物，有时比一些时髦人士还快。在无数事例中，接受方便面即是最好的例证。

还是在北京上学的时候，有天在报纸上看到有关方便面的报道，说外国生产出一种用开水一冲就能吃的面，很方便。看那报道，跟看到以前报道的外国发明纸杯子一样，觉得很不可思议。纸怎么能做成杯子，见水就烂了的怎么还能装水？不就漏了吗？同样，那么干的挂面，开水一冲不就成面浆了吗？怎么能吃？可是同时也兴致冲冲，想知道个究竟。

在我快要忘了那报道的时候，一日又看到报道，说北京也开始生产方便面了。我马上到新街口，竟然找到了刚上市的方便面，一毛六分钱一包，就买了几包带回宿舍。那方便面叫"麻辣方便面"，是四川风味的。我撕开纸袋包装，里边是一块干面和一个小袋调料，那面条不是直的，而是有规律地扭着的，像水波一样。我按说明把面块放进搪瓷碗里，然后倒进开水，把另一个小搪瓷盆当盖子盖上等了三分钟，揭开盖子一看，干面泡软化开了。我打开调料包把调料放进去，用筷子搅了搅，有一股特殊的麻辣味道飘出来。夹了点尝尝，"嗯，不错！"虽然不筋道，没有咬头，但是味道很好，起码比食堂的炸酱面好吃多了。我三口两口就把那北师大第一碗（?）方便面吃光，当然连汤也喝光了。吃完抹抹嘴，觉得谁发明的这吃的，可以啊。从此，作为我们大学第一个吃方便面的人（自称），方便面就成了我的家常便饭。我本来喜欢吃面，但是北京的面实在不敢恭维，特别是学生食堂的所谓炸酱面，面在水里泡得快失去形状，捞出来加上的那一小勺所谓炸酱，又黑又咸，除了死咸什么味都没有，要多难吃有多难吃。所以这不筋道的方便面，相当丰富了我大学几年单调贫穷的饮食生活。

不久又报道说生产出了油炸方便面。我照例马上到新街口去买回来吃。油炸了的面，开水泡后筋道多了，也更好吃了。但是因为贵，两毛五一包，所以我还是吃没油炸的方便面的时候多。再后来品种就更多了，还有一种方便面里边加了香油包。那香油包也有味儿，是用塑料做成的一个虾形，弯着腰的虾一肚子黄亮亮的油，看着就香。当然更贵一些，我们班的女生好像就爱吃那种。

我最喜欢吃和吃得最舒坦的是上海出的一种"肉蓉方便面"，三毛钱一包。那是大学毕业后回到西安工作。我工作的单位不大，主要教留学生，留学生有十几个人，配有专门的留学生食堂。我也年轻，跟食堂的老中青师傅都很熟。每天早上拿一包肉蓉方便面到厨房,师傅捅开火,给炒瓢添上水,帮我煮一下,面条柔软筋道,肉味浓厚,非常好吃。有时候师傅还顺手给里边放一点儿什么,那就更鲜美无比了。这样的吃法断断续续一直持续到我离开那里。

现在的我跟大多数同龄人一样,见了方便面就反胃。这不光是因为年纪大了的缘故。

到日本后很长一段时间,我的主食也是方便面。在外边吃饭贵,自己煮方便面简单便宜,所以更多的时候就是在炉子上煮一碗方便面充饥。最多给里边放一点儿菠菜呀豆芽什么的。这样的生活没过半年,有一天早上我的肚子剧烈地疼。疼得实在忍受不了,到医院一检查,说是因为饮食不规律,膳食单调,得了十二指肠溃疡。吓得我以后好长一段时间再也不敢吃方便面。

但是回国的时候坐轮船,坐火车,吃饭最方便的还是碗面。好多年,每次带家人回国都有一个多星期天天顿顿吃方便面的日子。每次吃到最后看见方便面就要犯呕。换品牌,变品种,都不管用。

这可能就是先驱者的命运吧。就像最早买电视的人家,几年后当时最先进的电视,却成了最落后的,而且也是最贵的。自认北师大第一个吃方便面的人,现在反而成了见了方便面就犯呕的人。

(2005.9)

鲜鱼汤

　　几年大学，学了什么说不出来，但是玩儿了什么，却可以口若悬河。北京凡是地图上印的公园寺庙、风景名胜，差不多都去过。后来连北京同学要去什么地方都问我。要说我多么活跃，绝对不敢。我从来不自己主动做什么。要说有什么人气，也不好说。但是不论班上的还是小组的活动却都少不了。别的组的活动，也经常被拉上。我也赖，喜欢玩，一叫就跟着走。总之能玩儿就行。

　　有次我们班二组组织去颐和园玩儿，也把我叫上了。刚开春，天不热也不冷，看戏楼，游回廊，爬万寿山，很舒适。特别是跟几个喜欢的女同学在昆明湖划船，春风拂面，绿波荡漾，轻舟慢划，谈笑风生，那才叫一个轻松惬意呢。

　　荡呀荡，说呀笑，飘飘然然，陶醉欲仙。突然从另一条船传来叫声，把我从仙境叫回现实。划过去一看，原来他们用桨打死了一条鱼，足有半尺长。大家都很兴奋，有女同学就说带回去做了吃。出身旱塬上的我，平生就没见过几次鱼，

更没吃过几次,所以我看那鱼,死乞白赖的,觉得能吃吗?

那时大家都在学生食堂吃饭,也有几个讲究的同学自己在宿舍用煤油炉子做着吃。特别是女生里听说自己做的人还不少。傍晚回到学校,各回宿舍。没想到到吃晚饭的时候有女同学来叫我们去喝鱼汤,我很不可思议。到了女生宿舍,果然昏暗的楼道地上放一个煤油炉子,炉子上放一个小小的铝锅,有一股鲜香冲鼻而来。

女生宿舍照例也是架子床。我们被让进屋,坐到床沿,却只敢拘谨地坐半个屁股。一会儿一个同学给我们一人端来一小碗汤,淡白色的,上边漂着几片香菜叶,闻一下,一股鲜香冲进脑天;吸一口气,满嘴口水喷涌而出;端起喝一口,鲜、香、烫、爽,直刺五感。其味之鲜美,妙不可言。我不相信真的就是那条死鱼做的。问了却说就是那条鱼做的。怎么做的?就是洗净用清水煮,然后放点儿盐、味精和香菜什么的。谁做的?就是张罗的这个女同学。这个同学是北京人,长得白净漂亮,个子也不小,在我们班的女生中是出类拔萃的,也是好多男生暗中追求的目标。原来漂亮人也能做出这么鲜香的汤?我真是服了。

我们北留村人一般吃苞谷糁、搅团或者汤面。没有米,很少吃米饭炒菜,所以不讲究喝汤。我妈就不会做汤。上大学后,吃米饭的机会多了,吃完饭跟很多同学一样,给剩下的菜,或者干脆就是吃完菜的碗里倒一些开水,涮一涮当汤喝,说白了就是喝涮碗水。这一碗鱼汤,开了我的眼,也使我理解了"鲜"字的含意。

毕业二十多年了,路过北京见到那个女同学,给她说这件事,她想了好长时间才隐约想起。也是,对她来说这是所做过的无数次汤的一次,没有任何特别的意义。可是对我来说,却是我喝过的最鲜、最香、最有味的汤——现在也还这么认为。

给妻子说,她笑我说这就是我的"珍珠翡翠白玉汤"。不过"珍珠翡翠白玉汤"那是没有当皇上时的朱元璋饿极了吃才觉得香,而我喝的这碗鱼汤却是因为第一次喝才留下了永远的记忆。

(2004.5)

窝窝头

　　陕西没有窝窝头这种食物,陕西人包谷面的吃法主要就是搅团和蒸粑粑,前者现在好多人都知道,就是把磨得很细的包谷面搅拌到滚开的水里,边搅拌边煮,一直煮成(搅成)一团,也就是凝固体,然后要么直接打到碗里浇上油泼辣子浆水菜吃,要么就是做成鱼鱼舀到碗里浇上臊子吃;后者其实就是包谷面发糕。后来因为困难食物少,还有人发明了包谷面饸饹,就是有些地方称作钢筋面的那种玩意儿,硬框框的,煮熟了捞到碗里浇上臊子吃。那时既没有油也没有什么好菜更没有肉,就一把盐,最多放些五香粉和酱油,大部分都是用萝卜切成小丁当菜,做出来的臊子你可以想象,我从来没有觉得包谷面饸饹好吃。至于窝窝头这种食物,我直到北京上学为止,只是听说过,但从来没吃过。

　　到北京上学后,第一天下午吃晚饭的时候,我跟刚认识的同学一起拿着搪瓷碗和铝勺子到学生食堂去。食堂里边光线不好,黑魆魆的,地上黏黏糊糊,晚饭是稀饭馒头和什么

大锅炒菜,里边靠墙的地方有一张桌子,桌上有一张很大的
蒸笼,蒸笼上边胡乱堆着一些锥形的、我从来没见过的、暗黄
色的、看着烂惚惚的、可疑的东西。好像标价是一分钱一个,
但也没有师傅收钱,也没有人给钱,大家都是随便拿。同去
的同学伸手拿了一个,不沾光白不沾,我学他的样子也拿了
一个。拿到手一看,凉冰冰,硬邦邦的,下边还有一个小洞。
我莫名其妙,问了旁边的同学才知道这就是北京所谓的窝窝
头。知道知道,听说北京人就爱吃窝窝头,这次终于能吃窝
窝头了——我甚至有些窃喜。

　　我窃喜着,看别人咬一口就嚼着吃,我也随口就咬了一
口嚼,可是没嚼两下就想吐出来。吃到嘴里的东西,冷冰冰
硬框框的,没有任何味道,只是一口半生的包谷面渣子,咽不
下去,也不想再嚼。怎么办? 吐也不是,吃也不是,我很为
难,刚才的窃喜一下变成了痛苦。后来硬是把吃到嘴里的那

一口咽下去,剩下的大半个只有扔了。

我就不明白,北京人怎么就不知道做包谷面粑粑呢？为什么就只知道做这种死面的,硬得像石头蛋子一样,没有任何味道的窝窝头呢？我们小时候虽然没有小麦面粉做馍吃,虽然也只能吃包谷面做的馍,但我们陕西都是蒸成粑粑子吃的呀？我母亲蒸粑粑时,给包谷面加进酵母和凉水揉好先发酵半天,等发起来后给里边小心翼翼放一点点糖精(那时没有白糖),搅匀后平摊到铺着笼布的笼屉上,大概有一公分左右厚,用炒菜的铲子抹平,然后放到锅里蒸。蒸好长时间(多少时间不知道,反正是好长时间),揭开锅盖,水蒸气遮住母亲的脸。母亲吹一口气,把水蒸气吹散后,从锅里端出笼屉,笼屉上就是平整整、黄亮亮的包谷面粑粑。母亲端着笼屉往案板上一翻,把粑粑整个反扣到案板上,揭掉笼布,再用刀切成四四方方、巴掌大的小块。原来只有一公分左右厚的包谷面,这时已经膨胀到三四公分厚了。厚厚的粑粑里是无数的气孔,拿到手上,热乎乎、软绵绵、虚腾腾的。吃到嘴里,又柔、又软、又香、又甜,好吃极了。对当时的我们来说,吃刚出锅的粑粑子,就类似于今天的人吃蛋糕或点心。

不过要说到包谷面粑粑,在我的记忆中最好吃的还要算父亲学校职工灶卖的粑粑子了。不过他们不叫包谷面粑粑,他们叫玉米面发糕。上大学前的两年时间我上父亲学校的附中,就住在父亲的单身宿舍,早饭和晚饭自己做着吃,中午为了节省时间在职工食堂买着吃。职工食堂卖的玉米面发糕颜色金黄,下边还有一层红红、脆脆,像锅巴一样的部分,整个发糕又甜又虚下边那层还脆,特别好吃。我一直很不可思议,母亲蒸的粑粑子全都是白的,为何没有这层脆脆红红焦焦的啊?直到后来到北京上大学后我才发现秘密,原来大食堂的发糕那不是蒸的,而是用电烤箱烤的。烤发糕的铁皮盒底层要刷一层油,烤出来下边就金黄金黄,又焦又脆了。但等我知道这个秘密后,生活却一下改善了,大家都不吃包谷面粑粑了,食堂也不再做玉米面发糕了,北师大的学生食堂后来连窝窝头都不见了。所以母亲蒸的香甜的包谷面粑粑,父亲职工食堂有焦花的玉米面发糕,离开西安以后就再也没吃过。而以前的北京人最爱的窝窝头,自那以后我再也没吃过。

但是要说窝窝头再没吃过,似乎也有些过分。因为后来受人招待,在比较昂贵的宴会上还是吃过小巧玲珑,口感绵软,还有一丝甜味的窝窝头的——只不过那种窝窝头不是真正意义上的窝窝头,而是据传为慈禧太后吃过的那种窝窝头。不是包谷面做的穷人用来度日的食物,而是栗子面做的富人用来炫富的点心。

包谷面做的食物我虽然吃得曾经害怕,包谷面蒸的食物也曾经吃过很多,但真正包谷面做的窝窝头,上大学第一天去食堂的那次,却是我第一次,也是唯一的一次吃,说绝了更是吃的唯一的一口。

(2014.4)

龙井茶

在种类繁多的茶中，我最喜欢喝的是中国绿茶(与日本绿茶有别)。每天早上起来首先得来一杯，白天在研究室也是离不开的，晚上睡觉以前还得一杯，也就是说从早到晚离不开。现在很多人喜欢的乌龙普洱等，虽然也喜欢喝，但那都是偶尔为之，附庸风雅，或者跟朋友一起喝而已，自己一般还是以绿茶为中心。

而在种类繁多的绿茶中，我喜欢喝的是龙井茶。虽然作为陕西人，似乎应该喝陕南的富硒茶，但其实我知道富硒茶，喝到富硒茶还是参加工作以后，很晚很晚了。而我第一次喝龙井茶，却是上大学的时候，对我来说，是仅次于茉莉花茶的(上大学前基本上没喝过茶)。那次因为是偷着喝的，所以迄今为止没好意思给人说过，特别是没给直接的"受害者"老父亲说过。

那还是大学三年级的时候，快到放暑假了，父亲来信，要我给他在北京的茶叶店买一两龙井茶带回去。我跟一个小兄弟，有天下午走到北太平庄，在十字路口的一家茶叶店，花了几块钱，买了一两龙井茶。以前也就是在学校的小卖部或者新街口的商店买过便宜的花茶而已，从来没有关心过其他茶。虽然也知道有绿茶，有龙井茶等，但都没注意看过。这次才第一次知道，龙井茶原来跟花茶那么不一样！颜色淡绿泛黄不说了，单说那扁平直条的形状，就令我惊奇不已。我不知道这一片一片茶叶是如何做出来的，我和小兄弟只是看到装在小铁茶筒里的茶叶，每一片都那么老实，那么服帖，那么匀整！

回到宿舍，放到床头枕边，单等过几天回西安的时候给老父亲带回去。话本来应该到此结束了，可是不然——不论是去教室上课，还是到食堂吃饭，特别是晚上睡觉，心里一直放不下枕边的那筒茶，想着那茶的形状，想象着那茶的味道。到最后强烈的愿望就是，如果能尝一口，那该多好！

但茶叶只有一两，装在一个一两装的小铁筒里，不多不少。而且是给老父亲捎的，怎么能喝呢？那个小兄弟也和我一样，都是农村出身，没见过什么世面，虽然是南方人，但也没喝过龙井这样的高级茶，他也跟我一样念念不忘。这天下午，就我们两个在宿舍的时候，我终于忍不住了。我们两个像做贼一样，从床头拿下小茶筒，打开看，觉得平平的，就是拿出来一点儿可能也看不出来少了，就小心翼翼地拿出来一小捍，放到茶杯里，然后把茶叶筒摇摇平，盖上盖子，再放回床头。小兄弟拿来热水瓶，我们给茶杯里冲上开水——啊呀，针状的茶叶在开水里翻滚，慢慢飘出一股清香。真是清香,与花茶的浓香果真不一样,像高雅的大家闺秀,婉约的宋词小调。我们两个头扎在一起,入迷地闻着飘出来的热气的清香,看着针状的茶叶慢慢舒展开来,显出翠绿色的茶叶形状,沉入杯底;随着茶叶沉入杯底,茶水慢慢显出淡黄泛绿的颜色,应该是能喝了。我端起来,先喝了一口,啊呀,果然清香啊!然后给那小兄弟,他一大口喝下去,咧一下嘴说:味道这么淡,龙井也没啥,还不如花茶喝着来劲!我这小兄弟就是这样,什么都不在乎,什么都觉得无所谓,什么时候都大大咧咧。他毕业后被分配到一家大学的校长办公室工作,后来还升为办公室主任,同学中没有一个人能想象他是怎么工作的,当然更不能想象他还能领导别人。

小兄弟虽然不觉得好喝,但我这农民坯子却着了迷,喜欢上了龙井茶的高雅清香。第二天,还忍不住悄悄偷出一小捏再喝了一次,第三天还忍不住……后来真不敢了,因为明显能看出有些少了。再后来就带回西安给老父亲,然后我就不知道了。

是老父亲怀疑我偷喝不再让我捎了,还是老父亲也觉得太贵不愿再买了,反正从此再没让我给他捎买过。所以从那以后,不但上学期间,甚至大学毕业参加工作后,都再也没有过喝龙井的机会。但是没想到旅居日本后,却不但有了喝龙井茶的机会,甚至还到龙井村去喝了龙井茶。

那是我在现在这家大学教书后,有一年我们几个人申请到一份科研费,一起到国内调研。在杭州调研完后,有大半天自由时间。随行的日本老师是个美食家,吃遍了中国,他

提议说一起到龙井村去喝龙井茶。我们就包了一辆出租,让司机带我们到龙井村去。司机当然很熟悉了,一路上给我们介绍,还特意带我们路过龙井村的茶田,那也是我第一次看到茶树。在图片上看到日本的茶田,一行一行非常整齐,茶树也被剪得跟日本人一样规规矩矩。可是这里的茶树却参差不齐,显得乱糟糟的。难道连中国的茶树也跟中国人一样不守规矩吗?后来我才知道,这是机器摘茶和手工摘茶的区别。日本大都是机器摘茶,也就是一刀剪过,所以剪出来的茶树就成了一垄一垄、整整齐齐的了。中国的茶都是手工采摘,摘过的茶树只能是参差不齐的。日本的茶田好看是好看,制出的茶叶里却难免有很多硬硬的茶梗,喝起来不论茶形和茶味当然都不如手工茶了。

言归正传,我们到龙井村后,在一棵大树下下了车。大树下有一口井,有村民在打水,还有人在井边洗衣服。司机介绍说这就是大名鼎鼎的老龙井。来人要喝茶或买茶,这里的村民会邀请到自己家去,茶随便喝,买不买都无所谓。说着就有一个洗衣服的妇女邀请我们到她家去喝茶。我们跟着那个妇女,到了村边一座两层小楼,女主人招呼我们进到家里,先给我们看他们家的茶叶。茶叶装在麻袋里,里边一间房里放了好几麻袋。女主人拿来玻璃杯,从麻袋里抓出一大把茶叶,很大方地放到玻璃杯里,冲上开水,请我们品尝。看着玻璃杯里逐渐舒展开的青绿的茶叶,慢慢泛黄发青的茶水,闻着飘出来的清雅茶味,茶还没喝人就先醉了。等茶泡开后,端起来喝了一口,啊,味道好香好浓好涩啊!香而不艳,浓而不腻,涩而不苦,清雅不俗,口唇留香。跟我十几年前在大学偷着喝过的龙井茶区别太大了。那是偷着喝,每次只敢偷出几片茶叶来,泡出来的茶当然味道清淡了。这次女主人大方,每个茶杯里的茶叶,要我自己泡,肯定能泡三次,那茶味能一样吗?

天气非常好,风景也非常好,我们把茶杯端到外边,坐在院子边欣赏风景边品茗茶水,女主人时不时来给我们杯子里续水,直到喝得茶味有些发淡。临走时我们每人不免都买了一些茶叶。

从此,我就开始喝龙井茶了。但再也没有喝过像茶农家那么好的龙井了。也许是因为我花不了大钱,买不到好茶,或者还是正如那司机介绍的,市面上卖的其实都不是龙井村产的茶叶。

其实要说喝绿茶,后来我最喜欢喝的还是黄山毛尖,并不是龙井。这不是因为龙井不好喝或者不合自己的口味,而是因为龙井现在实在成了阳春白雪,高级龙井以我的微薄收入还真买不起，也喝不起，而低级龙井实在不敢恭维，所以就只能买其他绿茶了。而在其他绿茶中，价位适中，茶味清香浓郁的，还算安徽黄山产的绿茶比较好。最近山东日照的绿茶味美价廉，也挺不错的。

日本也有绿茶，但日本的绿茶跟中国绿茶制法不同，茶味也完全不一样。中国绿茶是炒出来的，有"杀青"这一道工序，杀掉鲜茶叶的青涩，炒出茶叶的香味，泡出的茶水淡黄清雅。而日本绿茶却是蒸出来的。他们把鲜茶叶蒸熟晒干，所以留有茶叶本来的青涩味道。不但茶叶颜色比中国绿茶更鲜绿，泡出的茶水也非常鲜绿，而且因为颜色鲜绿，所以特别适合做抹茶。

我喜欢喝绿茶竟然到了自制茶。我现在住的这地方叫平井村，家旁边的山脚下有一些茶树。这里的主人以前曾经也制茶来着，但是随着年事增高，不做了。到了春天，看到嫩绿的茶叶，非常诱人。我就给那家主人说说，跟老婆摘回家，然后从网上查了中国绿茶的做法，如法炮制，竟然制出了茶叶。我炒出来的茶叶都是扭来拐去，没有形状的，很遗憾没制出龙井茶特有的那种柳叶状茶片。但是做好后用开水冲泡一杯，看着喜欢的电视，跟老婆小口品茗，倒也还觉得清香可口，回味无穷，甚至不亚于在龙井村喝的那一杯。我兴奋地命名为"平井茶"。可惜的是量太少，喝不了几杯。也正因为量太少，遗憾的是不能带回西安去给喜欢喝茶的老父亲尝尝。

（2014.6）

牡　蛎

　　第一次吃牡蛎很偶然，很突然，没有一点思想准备，吃得我措手不及，莫名其妙。

　　还是上大学的时候，有一年趁五一放假，我们几个好友相约到北戴河去玩儿。那时的火车慢，摇摇晃晃一整天，下午才到北戴河。北戴河火车站很小，出站后外边也没有什么建筑，尽是托儿，问要不要旅馆。我们交涉了一下，就被托儿给弄到离火车站不远处一家活动房的小旅社住下。放下行李，我们迫不及待地就去看海。那是我生平第一次看到大海。本来怕水，到了海边，看到那没有尽头的一汪水，心里犯迷茫，也慌慌。天气不好，没看到期待的海上落日。晚上在外边简单吃过饭后就在女同学房子聊天。终于没人强制熄灯了，也不怕人看见说闲话了，我们天南海北一直聊到三四点才分头（当然！）休息。第二天早上五点左右就起来，因为要到鸽子窝去看日出。

　　走到鸽子窝，已经有几个人在等了。可是有云，日出也没

看出个所以然，没有得到预期的兴奋。我们凑合着照了几张
相，有些扫兴地只有撤退。撤下来后，我们看着缓缓波涌的海
水，沿着沙滩往西边走。时期还早，海水还冷，没有人游泳，也
少有游人。偌长一条黄金海岸，就我们四个人，说着闲话，漫
步在沙滩上，现在想起还觉浪漫。走到一些有石头的地方，他
们三个用小刀在石头上抠指甲盖大小的样子很丑，像小石子
一样的东西，说能吃。我不知道是什么，只觉得疤疤拉拉地很
难看，但也没问，只是也跟他们一样抠。我们抠了很多，他们
拿出铝饭盒来，把抠下来的指甲盖儿大小的烂石子一样的东
西放到饭盒里，再加一些海水，架在石头上。我拣来一些小树
枝和干草，用打火机点着在下边烧。一会儿水开了，水面泛出
白沫，飘出一股淡淡的鲜味。他们拿起那烂石子一样的东西，
用小刀子撬开，从里边抠出玉米粒儿大小的白里透黑的软东
西，放嘴里就吃，还说好吃，也鼓励我吃。我心里犯嘀咕，但为
了不露怯，也学他们的样子，拿起一个抠开，鼓了鼓勇气就吃。
虽然一副老练的满不在乎的样子，但那是打肿脸充胖子，其实
心里是做了再难吃也硬咽下去的思想准备的。可是真没想到，

那软软的小肉粒竟然非常鲜美可口！这么难看的东西,怎么可能有这么鲜美的味道呢? 按我当时对食物的认识,好吃的一般来说都还好看,不是颜色看着香,就是样子看着好。可是现在吃的这从指甲盖儿大的丑陋的石子里抠出来的玉米粒儿大小的颜色可憎的食物,怎么想也不可能好吃呀? 这这这……我真是莫名其妙了。

这几个朋友,一个是"文革"中大串联过的贵阳的老知青,另两个是北京的大家闺秀,经的世面多,见的世界也大。从他们口里才知道那就叫牡蛎。当然那时我也是只听了音儿,并不知道字怎么写。

这个疑问,直到到了日本才找到答案。在日本的超市海鲜柜台,不但有带壳的牡蛎,还有去壳的牡蛎。而且个儿都很大,肉就有沙果那么大,带壳的更有鸭梨那么大。样子照例丑陋无比,价格也比较贵。在日本吃牡蛎比较普通,吃法也多。常见的有火锅,还有油炸,还有西餐式吃法(在西方吃牡蛎似乎也很普遍)。而最有代表性的,还是生吃。新鲜的牡蛎,剥开壳,抠出肉,蘸上山葵泥酱油吃,鲜美无比。冬天我们带孩子到海边去,也能在石头上抠下来鸡蛋大小的活牡蛎。活牡蛎用刀子撬开,剥出肉,在海水里涮一涮就吃,不用酱油什么的,非常鲜美。

那次在北戴河,我们一共玩儿了三天,山海关孟姜女庙什么的都看了,话也说得昏天黑地,没日没夜。三天共睡了三四个小时。坐火车回到北京是清晨。从北京站上公共汽车后一坐下我就迷糊了。后来有一个老太太上来,我心里明白应该让座，可是翻开眼皮看了一眼，就又深深地迷糊过去。就那样，为了掩盖出游，不让班上的人知道，上午八点还跟别的人一样到教室去上课。结果当然不用问，趴桌子上死睡整整一上午。

　　一次北戴河出游，给一个北留村出身，没见过世面的我的冲击太多，很长时间整理不出头绪。第一次观大海，第一次看长城，第一次吃螃蟹，第一次食海螺，第一次照彩色相片，第一次跟女孩子不顾时间尽情地聊天……冲击最大的，是吃牡蛎——正所谓"人不可貌相，海水不可斗量"，其貌不扬，甚至外表丑陋的东西，原来也可能是美好的。

（2004.6）

咖　啡

　　大凡是洋东西,我都是躲三分的。出身卑微,教养有限,生来保守,搞不好就出洋相,自己的事情自己明白得身上起鸡皮疙瘩。要说味觉,就更是狗改不了吃屎(严重用词不当!!)。但是走南闯北这么多年,总有很多不得不跟洋玩艺儿打交道的时候。咖啡就是一个我很早就打过交道,但却一直把关系搞不太好的洋玩意儿。

　　说起来可能是大学二年级的时候,有一次跟几个朋友到王府井去轧马路,逛商店走累了,大家就说找地方休息。到东风市场北口,看到一家咖啡店,他们就说进去喝咖啡。我从来不知道这里还有一家咖啡店,而且那时全北京可能也就这一家咖啡店,反正我没听说过别处有。进去坐下后,一起去的有两个北京女同学,她们看了看墙上的牌子,就要了咖啡。说实话到那一刻为止我只是在书本上看到过洋人喝咖啡,不但从来没喝过,甚至连见都没见过,更不要说味道了。但是咱一个凡人,不能脱俗,为了不至于被同学笑话土气,也跟她们一样要了一杯咖啡。不久,一个好像倒了八辈子霉一脸没好气的服务员端来几杯黑乎乎的水放到我们面前。一看那黑乎乎的水,我就先没了喝的勇气。我偷着看她们,看她们拿起桌上小盒里的方块糖,往黑水里放了一块,然后用小勺搅了搅,端起来就喝。我也就照猫画虎般很潇洒地给面前的黑水里放了一块糖,用小勺搅几下,但到底还是没敢端起潇洒地喝,而是战战兢兢地抿了一口,却苦得全身颤抖了一下。本也要呲牙咧嘴,大喊大叫怎么这么苦,但还算城府深,竟然面不改色心不跳,没事人似的跟她们继续说笑。说笑归说笑,这咖啡苦得可比小时候妈给煎的中药还苦(那可是我认为世界上最苦的东西了!),怎么喝?我就又放了一块糖,搅了几下,这次只抿了一小口,可还是苦得打了个颤。没办法,反正桌子上的糖块不要钱,就再放,再搅,再尝,如此数次,被一个同学看到,问:"你也放糖太多了吧?甜死了。"我解嘲说:"不怕,我喜欢甜一点儿的。"还是一而再再而三地放糖。结果可想而知,那一杯黑乎乎的液体,苦得发抖,甜得腻人,味道不敢想象。当然越来越不能喝,最后只能扔下大半杯落荒而逃,一走了事。

日本人跟我们一样是东方人,按道理说也应该是喝茶而不是喝咖啡的。可是跟日本人接触以后才知道,他们到底比我们开放早,西洋化程度高,喝咖啡早就非常普遍了。我以前在西安的大学教过一个叫伊藤年纪比我还大的日本学生,那家伙在东京的一所大学上了七年才毕业。学业不好说,可是对咖啡却深谙。他从来不喝别的,口渴了,就喝咖啡,而且从来不加糖。他每天喝那么黑的东西,我都怀疑他肠子会变黑了。我曾经开他的玩笑,他却嘻嘻一笑,说肠子没变黑,心却变黑了。我们一起出去玩儿的时候,他水壶里边装的不是水不是茶,而是自己做的黑咖啡。

到了日本后发现日本到处都是咖啡馆。那名字也怪,分明写着"吃茶店",其实却是咖啡馆,主要提供咖啡,顺便提供红茶。在外边见人说话,一般都在这种地方。我照例也有很多次被人邀请在这种"吃茶店"说话,因为来不了咖啡,只能要红茶。这里的红茶也是比较特殊,英国式的牛奶砂糖下午茶不多,最普通的是柠檬红茶。据说战后美国人向日本推销柠檬的时候,日本人根本不知道那么酸的柠檬有什么用处。美国人就给他们说把柠檬切成片,加到红茶里喝很时尚。然后就流行开,美国人的柠檬也就卖开了。听这话觉得我们东方人好像总是很傻,总是不知不觉间就被西方人算计。

我妻是城市出身,接受新事物比较快,到日本不久,就染上喝咖啡"恶习",虽然没有伊藤那样严重,但是几天不喝也觉得生活缺了什么。晚上吃完饭,洗完碗,哄孩子睡下,然后

冲一杯热咖啡,慢慢啜一口,说闲话看电视,对她来说就很惬意。我呢,只能用清茶一杯做陪。

很多洋东西,随着时间的推移和接触机会的增加,慢慢也就习惯了。可是咖啡到现在我还是不会品尝。我不明白人们为什么没病没灾的却要花钱喝那药一样苦的东西,不是自找苦吃吗? 有次我对正咂着嘴津津有味地享受咖啡的妻问道:"你不觉得喝咖啡是一种自残行为吗?"她白我一眼:"你个农民懂什么?"

不得了啦! 不但咖啡跟咱关系不好,如此下去连老婆跟咱的关系都要出问题。难道为了家庭和睦,为了显得与时俱进,我一定得同流合污吗?

(2004.4)

沙　拉

"沙拉"好像是一种吃的我早就知道。小时候在农村看没有封面没有书名的外国小说,总有"沙拉"这么个词。开始不知道是什么东西,看得多了,慢慢明白了好像是一种吃的。但是到底是一种什么吃的,怎么也不能知道。

还是在北京上大学的时候,可能是大三吧,一次班上组织去十渡玩儿。那时十渡刚红起来,号称北方小桂林。也不知道是谁弄的车,反正坐卡车到了十渡,看到有山有水满是石头的河滩,觉得挺不错。那时没去过桂林,只在画片上看到过桂林的山水,觉得十渡的山,尖尖的,映在河面,说是小桂林好像也不为过。不过心里还是觉得怪怪的,因为那山明显很峻峭,不像画片上桂林的山那么圆润。

玩儿到中午以后,大家在河滩随便找个地方三三五五地围坐一起开始吃自带的东西。那天我照例跟几个要好的女同学一起玩儿,我们找到一处比较大的石头坐下,各自拿出带来的东西摆到石头上,大家一起吃。这几个女同学中有一个回族同学,个子虽不高,可是走路说话做事什么都快,或者叫利索,而且态度总像个大姐,很关心但也很绝对,不容你随便说个"不"字(不敢说)。她拿出一个铝饭盒,打开说请吃自己做的"沙拉"。看了饭盒里的食物,我才生平第一次知道什么是"沙拉"。一些切成小块的菜,用一种白色的酱拌着。我用筷子夹了一点儿尝,咸咸的,觉得味道不错,不由多吃了几口。可是为什么这就叫"沙拉","沙拉"是什么意思,不知道,也没好意思问。本来就是个土老帽,不问都傻,一问更傻,只好装做没事人似的,揣着满肚子疑问,跟她们一起边说笑,边吃喝。

这时过来一个男同学。他跟我年龄差不多,也算是我们班的小字辈,而且人也比较活跃,喜欢玩,爱开玩笑。他笑嘻嘻地伸出筷子就要夹那沙拉吃,却被那个回族同学一下挡住:"对不起,这是我的。"那同学也知趣,马上就把筷子缩了回去。回民跟汉民吃的东西不一样,不能一起吃,这是常识。我们学校就有他们回民学生专用的"民族食堂"。回民学生从来不来我们食堂吃饭,我们汉民学生当然谁也不去回民食堂吃饭,不用说的。

看到这场面,我愣了一下:我也是汉民呀？可是等那同学走后,这回民女同学却什么事都没发生过似的,还是让我们都吃。我感动了。那一瞬间我突然觉得自己人缘还好,特别是有一种被人信任的感觉。我眼睛一阵发热,眼圈甚至有点儿红。因为我跟这个回民同学关系确实很一般,几乎没有任何特殊的交往,甚至都没单独说过话,没有任何超过一般同学的感情,在那之前,甚至那以后以及现在,我都不觉得有任何值得被特殊关照的理由。那么这种信任,就是很难得的了。这也就是为什么时隔二十多年,那时的感觉还记得这么清楚的原因。虽然那时自己拿的什么吃的什么早就忘得一干二净,其他要好朋友拿的什么吃的什么也忘得干干净净了。

到了日本不久,才知道"沙拉"是英语"salad"的音译,是洋菜中凉拌菜的总称,不但有那当年吃过的白色的,还有其他各种颜色和味道的。而且日本人特喜欢吃这种东西,吃"沙拉"甚至都成了吃蔬菜的代名词。

我们家也不能免俗,除了吃祖传的凉拌菜以外,妻子有时偷懒,也做"沙拉"给我们。因为"沙拉"只要把生菜什么的洗净撕碎,放到盘子里浇上现成的沙拉酱就行,多简单呀！时间长了,我自己也早就习惯了吃这种在我看来仅仅是偷懒的东西。

(2004.5)

可　乐

　　三伏流火,热得你大汗淋漓,口干舌燥,头昏脑涨时,如果能喝一杯冰镇可乐,那才叫爽气,称得上痛快。

　　然而我知道这样的享受,还是很晚的事。

　　那年夏天我哥在科学院学习的时候,有个周末他来学校看我。我们出门到北太平庄一带转。先到北太平庄市场转了转,买了一小包瓜子,然后到外边边吃边转。大夏天的,本来就干热难耐,还吃了咸瓜子,所以很快就口也觉得干了,舌也觉得燥了。转到十字路口,拐角正好有家小小的食品店,我们就说进去买瓶汽水儿喝。进到食品店里,迎面而来的是柜台外边码放在地上的很多木箱,一看木箱里装的是瓶装可口可乐。哦,前些天报纸上报道北京开始灌装可口可乐了,这不就是嘛? 咱大小也算知识人,广播电视报纸还有书上都看到过可口可乐的商标和字样,知道老美连在战场上都喝可口可乐;也知道可口可乐开始是作为汤药配制,偶尔被发现好喝,以后做成饮料销售;还知道可口可乐的配方属于公司最高机密,除了几个高级管理人员外,谁都不知道;还知道那特殊的瓶子都有专利……虽然知道很多,可是从来没喝过,甚至也没见过。

正好走得又热又渴,风靡全球的可口可乐就出现在我们眼前,这简直就是"及时雨"了。我哥毫不犹豫地说咱买一瓶尝尝吧。我生来保守,看那黑水水,说可能不好喝吧?我哥说,也就是几毛钱的事,不好喝倒了就算了。于是他就掏钱要了一瓶。

那时也不讲究冰镇。售货员让我们从木头箱子里直接拿出一瓶递给她,她给我们打开瓶口再递给我们。我哥接过来举到眼前看了看,然后喝了一口,可是马上就吐到地上:"狗日的这是啥?得(děi)啥放瞎咧?"我本来心存疑虑,看他那样子,听他那评论,更是没有勇气喝了。不过还是得尝尝,既然老美那么爱喝,既然能风靡全世界,那肯定就是有理由的。我接过来那细腰瘦身的瓶子,看了看里边的黑水,小心翼翼地喝了一小口。可是喝到嘴里马上就后悔了:吐,不好意思,咽,实在难咽,怎么办? 口里的那一点黑水水苦兮兮甜腻腻温腾腾的,要多难喝有多难喝。老美怎么喜欢喝这种东西呢? 全世界人怎么就这么崇洋媚外,连好喝不好喝都不管,就要跟着老美的屁股后边跑呢? 我哥说:"难怪他们反动,连口味都跟咱不一样!"我也说:"就是就是。这他妈的哪是人喝的东西,简直就是毒药么。药咋能当饮料喝?"

结果我们两个只好趁人不注意,把那一瓶一人只尝了一口的可乐放到回收空瓶子的木箱里,溜出门一走了事。

人的口味实际也是个习惯。参加工作后跟人吃饭的机会多了,可乐也普及了,喝的时候也就多了。喝得多了,也就习惯了。习惯了不得了,现在不但不觉得苦,反倒喜欢那甜中带苦的口味,感受那爽气刺鼻的口感,还有那下咽时挂喉的感觉。有时候甚至不理解当时为什么觉得那么难喝,也可惜那一瓶没喝完的可乐。

(2004.5)

汉堡包

　　当年在外院教留学生的时候，经常带学生到外边去参观。大部分都是学校组织的，有时也私自带学生出去玩儿。明知违反规定，但当时年轻气盛，精力充沛，跟学生关系也融洽，所谓初生牛犊不怕虎，一点儿都没觉得会有什么问题。我们常常一起进城买东西、闲转。有时我还带他们到一般外国游客不去的地方参观，比如杜陵、少陵、长安县，甚至我的老家北留村。

　　有一年冬天教一个澳大利亚留学生的短期班，就七八个人。时间长了，大家关系都特别好，经常一起聊天吃饭。到过年的时候，学校放假。他们老外不过春节，说趁放假到北京去玩儿几天，要我陪他们一起去。过年我当然也想和家人团聚，但看到他们那为难的样子，最后还是决定私自陪他们去。

　　到了北京住在一家比较便宜的招待所里，一起参观故宫等地方。一天在王府井转累了，他们说到路口的北京饭店去休息。"北京饭店"，那是我们中国人能进去的吗？在西安，接待外宾的像样的饭店都是不准我们中国人进去的。我因为带外国人留学生，托他们老外的福，才进去过几次。但是北京饭店，一听这名字我就有些发怵。

上了北京饭店高大的台阶，蓝眼睛大鼻子的他们大摇大摆地就进去了，谁也没问他们没管他们。也怪，那天虽然我也跟在他们后边往进走，但偏偏就落后了两步，果然就被门卫拦住了。问我是干什么的。我说我是老师，带学生来休息。门卫再看我一眼，一脸不屑，你是谁的老师？我说就是刚才进去的那些澳大利亚人的老师。他更觉得可笑，往外挥挥手就不让我进去。也是，你怎么能让人家相信呢？一个穿着棉衣，外边套着大学时在新街口买的蓝色红卫服，典型的"黄脸干儿"模样的二十出头青年，在他们看来不偷都是贼，怎么能相信你是人家外国人的老师？在他们看来，给人家外国人当老师，那还不都西装革履？说实话因为年轻，因为不修边幅，在外院一直都没有人相信我是老师，办事经常被当学生审问。在这样本来就不准中国人进的"治外法权之地"，他们怎么能准我进呢？我也老实，而且也有咱老祖宗"阿Q"的精神胜利法，不让进老子就不进了，有什么了不起！我学老外耸耸肩，就站着没动。不一会儿几个学生出来找我，问我怎么不进去？我说人家不让进。这些学生虽然也知道在中国饭店是不让中国人进的，但是他们没想到竟然不让他们的老师进去，马上就跟门卫喊起来。这些对中国人厉害的门卫都是害怕老外的，结果当然是一脸不情愿地放我进去了。门虽然进去了，可是我当时的那种屈辱心情，即使任何缺乏想象力的人都可以想象。现在回想起来我还想来一句国骂。

后来他们有经验了,到那些可能不让中国人进的地方,就拉我一起进,所以再也没有发生北京饭店门口那样的事。有天我们到建国饭店吃午饭,进的是里边的一家西餐厅。桌子上铺着洁白的桌布,中间是一个小花瓶,插着一支鲜红的玫瑰(这可是冬天呀!),面前摆着不锈钢的刀刀叉叉。服务员送来菜单,他们先递给我问我要吃什么。我看了一遍纸张厚实、印刷讲究、写着汉英双语的巴掌宽的菜单,竟然没有我知道的。好不容易发现"汉堡包"几个字,就指着那字样说我要汉堡包。他们都张大了嘴:"在这么高级的饭店吃汉堡包?"我红了脸,也张大了嘴:"怎么? 不行吗?"他们说:"不是不行,汉堡包都是在大街上吃的呀?"我只好如实招来:"我看你们的书上老说吃汉堡包,可是从来没吃过,连见也没见过,这次终于能见识见识了。"他们终于大悟,就给我要了汉堡包。一起去的还有两个女的,人很好,她们为了给我解嘲,也要了汉堡包。

过了一会儿,穿着洁白制服的服务员端来了一个盘子放到我面前。盘子正中摆着一个圆圆的食物,上下两片烤得黄黄的面包中间夹着肉和菜,我才知道这就是所谓的汉堡包。在看到面前的这玩艺儿以前,我一直以为汉堡包是包着牛肉什么的包子一样的东西,现在才知道这玩艺儿不是跟我们西安的肉夹馍差不多吗? 他们跟看杂耍一样,都鬼笑着看我吃。肉夹馍嘛,咱吃得多了,有什么可怕的? 我二话没说,拿起来就啃一大口吃起来,压根儿就没想到要用那些刀刀叉

叉。我三口两口，狼吞虎咽地吃完，一点儿没觉得有什么不习惯，反而觉得很好吃。就是面包太软，缺了肉夹馍的咬头和麦香，还缺香喷喷的肉汁。看我狼吞虎咽地吃完，没有任何不习惯，这下他们倒觉得没意思了，本来还想看我笑话来着。

后来到了日本，才知道他们说的话不假，果然街头巷尾到处都是卖汉堡包的，就跟西安到处都是卖肉夹馍的小摊子一样，最多是比西安的肉夹馍摊子店铺干净，小服务员笑容可掬而已。因为价格便宜，吃一顿跟吃一碗汤面差不多，而且还好吃，所以我也时不时光顾。

我在中国第二次吃到汉堡包，是好多年以后的事了。那班澳大利亚学生，有几个很要好，好长时间还一直有联系，但是随着时间的推移，慢慢也都音信不通了。

(2004.5)

三明治

　　人所处的环境不一样,对很多事情的态度就完全不同。大学毕业可能有半年还是一年,我出差到北京去,买好车票就给要好的同学拍了电报,让到车站去接我。等到车站看到她们,迎接我的不是时隔半年的欢喜,而是满脸的埋怨:"你随便发个电报就让我们接? 又不是周末,我们请假多不容易?!"我诚惶诚恐,满脸堆笑表示抱歉,心里却很不以为然:老同学好不容易来北京,接一下站就这么个态度? 其实现在想想我那叫什么态度? 一个大男人大白天的怎么还要人接站? 我在地方城市的学校工作,时间自由,也没有什么人来打扰,所以每天巴不得有人来好一起玩儿。可是她们在北京,什么人来北京都要她们接的话,还不得每天都得住在车站了? 而且工作的单位不一样,她们得每天坐班,哪能随便说走就走?

　　虽然她们埋怨,但还是好朋友,当然见了都很高兴。几天后的一个中午,我到在广播电台工作的同学那里去找她玩儿。在门卫那里打电话叫出来后,我们进广播电台对面新开张不久的"燕京饭店"聊天儿。那时还不兴中国人进涉外饭店,我也是因为跟老外打了一点儿交道,见了一点儿世面,再加上手里有几张外汇券,稍微有点儿底气,更重要的是在同学面前还有点儿炫耀心理,其实内心很不安,生怕被门卫给挡住。还好,那天燕京饭店的门卫也不知犯了什么神经,竟然没有挡,我们很自然地就进去了。虽然是大白天,大厅还是有点儿昏暗,空荡荡的,没有什么人,显得有些冷清。大厅左手是咖啡区,在落地窗一带,虽然比较明亮,但是照例没有客人,就几个服务员,静悄悄的。我们找一个落地窗前的沙发上坐下。坐下后,我说还没吃午饭,她说也没吃,我们要来菜单看了看,我要派显摆,很潇洒地要了两盘三明治。

我那时虽然刚跟老外打了一点儿交道,但是还从来没吃过三明治,也没看到过三明治。对三明治的知识都是外国小说上写的那些。等到端来,看到盘子里几块干巴巴的三角形面包,中间夹一点儿鸡蛋和火腿,就觉得有点儿扫兴。我装出一副见多识广的样子照例潇洒地请同学吃,自己也拿起一块咬了一下,吃到嘴里的跟看到的印象一样,干巴巴的,真如成语说的,味同嚼蜡。那一口三明治在嘴里嚼半天难以下咽,最后还是用茶冲下去了。外国小说上写的那么平常的食物,原来也就这个样子,我很不以为然了一番。同学也笑了,她显然看出了我是故意显摆。我的打肿脸充胖子式的炫耀,并没有达到预期的效果。

要说"三明治"这东西,两片面包中间夹炒鸡蛋或者火腿什么的,一般就三层,再不"三明治"了。只看这叫法怎么都像是中国的食物,但其实是英国人发明的。咱也不知道真假,据说十八世纪英国一个叫三明治(Sandwich)的海军大臣,每天不管军务,只是热衷于赌博。赌博到好处,吃饭时间都没有,就用面包夹上火腿吃。到产业革命时期,繁忙的人们看中了这种简便的吃法,三明治就流行开了。中国人吃肉夹馍,老美吃汉堡包,英国佬吃三明治,其实都差不多,都是两片馍中间夹肉呀菜呀的,简单随便,营养丰富嘛。我们家现在有时候也自己做着吃,日本的冷餐会更是绝对少不了。

日前有报道说英国伦敦一家叫塞尔福里治(Selfridges)的高级百货店新发售一种85英镑(约合人民币1300元)的三明治。现烤面包里夹高级日本黑毛和牛排、法国鹅肝、法国黑松露、高级奶酪、西红柿、生菜等,一块600克,共2500

卡热量。据说虽然有很多人看了标价牌吃惊得不相信自己的眼睛，但是当天还是有不少预约。可见有钱人跟我们平民百姓不一样，他们跟钱赌气，不管价格的，只要你敢做，我就敢买。就跟中国的天价月饼似的，真是"人有多大胆，地有多高产"，只要你能标出价，肯定就有人愿意掏出钱。

不过我还是想，把只值几块钱的月饼用黄金包装，或者盒子里一起装上钻石什么的卖天价；给面包片里夹最高级食物然后卖高价，这算本事吗？只要有胆量，愿意做，谁都能弄出来，而且只要想，还能做出更贵的，更高级的。谁能把两块钱一堆的大白菜做得人愿意掏高价来吃，那才是本事呢。

话说回来，谁把白菜做得再好，可是标价太贵了我还是不吃。不是不吃，是吃不起。也不是吃不起，是穷命，不愿意花那冤枉钱。年龄大了，有了自知之明，不再像请同学在燕京饭店第一次吃三明治时那样显摆，那样打肿脸充胖子了。

还是我妈那话，有那胡花的钱，还不如给俺村的穷人呢！

(2006.4)

月　饼

　　说出来不怕人笑话，有很多事情我其实到好大了才明白。比如从小学毛主席的《愚公移山》，里边的"愚公"和"智叟"，我一直就认为是那两个老头的名字。都到上大学中文系了，某一天学什么古文，才突然反应过来，原来"愚公"就是"愚笨的老人"，"智叟"就是"智慧的老人"的意思！当时我自己吓一跳——我竟然如此愚笨？

　　其实类似的事情很多。我从小随母亲在北留村长大，一年总有一两次跟母亲一起到父亲工作的大学去住几天。那时候父亲住的是单身宿舍楼。父亲去上班，母亲帮父亲洗衣服，收拾房子，我就爬窗子上往外看。窗子外边是一个很大的院子，左边和对面是楼，右边是围墙，蓝砖垒成十字花型镂空墙，感觉很新鲜，觉得人家城里到底跟北留村不一样。墙中间是一个豁口，不断有大学生进进出出，差不多手里都提着热水瓶。可是我下楼玩儿，外边却完全不一样，没有院子，也没有镂空的砖墙，只有一个空场子，对面是一栋小二层楼。

院子呢？洋气的镂空砖墙呢？进进出出的大学生呢？为了确认，我还跟刚认识的小朋友从父亲房子的窗子上扔了小纸条到楼下，然后下楼再找，还是找不见。怪了！

说到这儿应该明白了吧，单身楼中间是楼道，两边是房子，父亲的房子在南边，楼的出口却在北边，所以窗子外边的风景和楼出口外边的风景完全不一样。可是就这么个简单的道理，我可能都到上中学了才理解，尽管每年都到父亲的宿舍住几天。

肯定不是第一次去父亲那里了，但是我自己明确记得的第一次是某年的夏秋之交，父亲星期六回家，然后星期天下午带我和母亲坐公共车回他工作的学校。公共车站下来有一条笔直的路，直通学校。路是石子路，两旁有高大的法国梧桐，法国梧桐外边都是菜地，地头有抽水车，抽水车的铁链子有节奏地响着。我们在法国梧桐树荫下走进学校老西门，门口有小门房，门里边路两旁都是苹果园。父亲带我们穿过苹果园,再过了学校小花园,才到了生活区。父亲的单身宿舍就在教工食堂旁边的一栋三层楼的三层。进房子后,有一个小书架和一张不大的床,靠窗子有一张木黄色的桌子,桌子上有一个白瓷碗,白瓷碗里有一个黄亮亮的圆圆的点心,点心边儿还有一根一根竖立的棱条。我从来没见过这样的东西,父亲看我端详,就让我吃,我小心翼翼拿起来吃。吃肯定是吃了,但什么味道,现在却一点儿也记不得了。

有人说我城府深,可能原因就是我从小有什么疑问并不急于问,而是一直深深地埋在心底,等答案自己出来。答案可能过几天就有结果,也可能难见天日,跟那"愚公""智叟"一样。那个点心,我不知道是什么,当时也没问过父亲。当时没问是因为怕。父亲因为在城里工作,一个月才回家一次,跟我们孩子很不熟,也很少跟我们说话,我们也像待外人一样敬畏他,不敢亲近。而且当时初来乍到,让吃就吃,更不敢多说什么了。再后来也就忘了那事,只有那黄亮亮的颜色和点心边儿上的棱条印象非常深。

这件事,直到几年前过中秋节跟妻小吃月饼的时候我才恍然大悟——原来那次吃的黄亮亮的,边儿有棱条的点心就是月饼!

跟我的愚笨相比,愚公显然是小巫见大巫了。更况且愚公那是人家反着说的,其实是夸那老头执着,是"大智若愚",而我的愚笨,却是真的,没有商量的。

(2005.11)

溜肉片

西安东大街有个"五一饭店",在二十多年前,那可是大名鼎鼎的。那时东大街虽然商店不少,可是像样的吃饭的地方,也就"西安饭庄"和这家"五一饭店"了。当然现在看那时的像样已经很不像样了,可是那时候谁见过什么像样的?虽然满地残羹剩饭,满桌子汤汤水水,椅子只有三条腿,服务员端菜来像喂猪一样老大不高兴地往你面前扔,可还是觉得像样。为什么?不但别的没有,就这也去不起。

可是我一个农村穷小子竟然进去过一次。不但进去过,还在里边吃过饭。

那还是上小学的时候,放暑假,就我和父亲在父亲学校的单身宿舍里住着。一般都是跟母亲一起来的,那次却是一个人,可见已经是小学高年级了吧。为什么一个人去,每天干什么,都记不清了。能记清的,就只有这一次吃饭。

夏日炎炎的一天,父亲进城办事,那天也不知什么风吹的,竟带了我一起去。到哪儿去了,做了什么也都记不清了。

中午的时候,我们走到东大街,我好奇地东张西望,却被父亲呵叱,说乱卖眼走没了咋办。走了不远,父亲领我到了这家早就听人说过的,对我来说大名鼎鼎的"五一饭店"门口。我们北留村如果谁进城在五一饭店吃过一次饭,那可是要在村里吹嘘一辈子的。但是面前的五一饭店楼却没有想象的高,可能只有三四层,二楼还是三楼有红底白字"五一饭店"大圃。门面也不大,门两旁有窗口卖包子什么的。父亲领我进了门,里边也不大,起码没有我想象的那么大。好像是白墙,可是已经被熏得很黑了。可能已经过了吃饭的时间,总共也就四五张桌子,三三两两地坐着几个人,显得空荡荡的。父亲找中间一张桌子要我坐下。桌子不大,很脏,好像应该是白的,但已经看不出原来的白色了。桌子上边放一个筷子筒,筷子筒里插着一些照样看不出黑白的筷子。坐的不是椅子,是放不平的凳子。桌子底下凳子底下全是烂骨头剩菜什么的,得用脚拨一拨才能有立足之地。

父亲去柜台买了票,回来坐下把票放到桌子上等。等了很长时间,肚子很饿了,一个衣服很脏的服务员端来一盘白白的菜往我们面前一推就走了。父亲用筷子指着说:"俺娃吃,这就是溜肉片。"我赶紧抓起筷子来就挟,可是竟然不好挟,滑溜溜的。好不容易挟起来放进嘴里,只觉得滑腻,却没有妈过年过会(我们那一带每年阴历六七月过油塔会)做的炒肉片香。主食是米饭还是馒头也记不清了。只有那白白的肉片,滑腻的口感,肮脏的铺面还历历在目。记忆犹深的是,每年只能过年过会吃几片肉的我,一点也没觉得那肉片

好吃,跟父亲两个人竟然没吃完,剩下了半盘子。现在想,可能是全用了肥肉,做得也不好。反正从我那样没吃过几次肉的人都不愿意吃,你就可以想象那难吃的程度。

后来到北京上学,食堂有时候也卖溜肉片,也买着吃过几次,虽然不像"五一饭店"的那么难吃,但是也没觉得多么香。所以直到现在,溜肉片对我来说,可有可无,可吃可不吃。这个世界上永远没了溜肉片我丝毫不觉得遗憾,有溜肉片我也不觉得多余。反正,无所谓。

(2004.4)

糊辣汤

西安南边是秦岭山脉,有终南山、翠花山、嘉午台等名山,顺山谷而下,有许多河流,古代号称"八水绕长安"。可是现在有水的河已经没有几条,被西安人津津乐道的长安八景之一的"灞柳风雪"也早已荡然无存。因为建筑取沙和石子,河床千疮百孔,惨不忍睹。

造成这惨不忍睹景象的,也有我的一份罪过。上中学的时候学校搞勤工俭学,每年都要组织我们学生去河滩捞几天石子。捞石子的地方是浐河滩。浐河从终南山的大峪一带发源,离我们村最近的是鸣犊一带,那里也正好有碎石厂。我们在老师的带领下,天不亮就拉着家里的架子车到学校集合出发,下两个大坡,走大约一个多小时十几里路,到八里塬脚下的浐河滩。河滩有二三十米宽,河床里只有曲里拐弯一步就能跨过去的一点儿水流,到处都是深坑,被人淘了沙子和石子,卖给了旁边的碎石厂。我们按班,一个班占一个地方,挖沙子,淘石子,用架子车拉了送到碎石厂。一架子车一张票,最后按每个班得的票多少评优劣。那票据说一张值五毛钱,一次连续两天,四个班近二百人,给学校也能弄不少经费。

活很累,挖沙子,淘石子,装车拉。河滩坑坑注注,石头东一块西一块,架子车拉起来特别难。学生都爱表现,刚开始还干劲冲天,一两个小时以后就蔫儿了。这时最盼的,就是老师喊休息吃饭。学校借河边生产队农闲期的打麦场给学生休息。大家累得半死,但很期待。因为每次来这里捞石子,学校都会做糊辣汤给大家喝。大家都带着碗,每人一碗,然后三三五五围坐在打麦场上,默默喝糊辣汤,就着自己带来的馍吃,累得连打闹说笑的精神都没有。吃完休息一会儿,再干四五个小时才收工回家。回家也不容易,拉着空架子车,得上两个大坡,走十几里路才能到家。

糊辣汤是河南人吃的,我们学校为什么每次都是糊拉汤？这是因为我们学校给大家做汤的老师是个河南人，只会做这个。他是体育老师，人高马大，长得很魁梧。可是虽然是体育老师，却一点儿身体协调性都没有，教打篮球，拍球的手和球不是一个节奏；教跑步，两条腿硬框框的；教广播体操，手举上去了脚却不跳，脚跳了手却不举，同学老师都笑。但是他却认真，一本正经，从来不笑。他憨厚认真的性格和不协调的动作，还有在我们听来奇怪的河南话，都成了学生和老师私下议论的对象和笑料。但是他却有着别的老师羡慕不已的身份：他是公办老师，拿正式工资，吃商品粮。我们学校是农业中学，大部分老师都是民办的，也就是没有工资，只在队里记工分，吃的不是商品粮。老师家都在附近的村里，下课后基本上都是回家吃饭，就他和另外两三个公办老师在学校做饭吃。除了他，别的公办老师都有家，单身就他一个人。所以每次到河滩捞石子挖沙子，给大家做汤，就必然成了他的事。

　　他一个河南人，为什么单身在我们这样的农村中学，我到现在也不知道原因。只知道他就会做糊辣汤。而我迄今为止，也就吃了那么几次糊辣汤。那以后，虽然走南闯北，漂洋过海，自认为吃遍中外山珍海味，各地风味小吃，奇怪的是糊辣汤却再也没吃过，那老师也再没见过。

（2004.5）

羊肉泡馍

羊肉泡馍据说出现很早,唐代就有了。可是文献上说的那所谓"羊羹",是不是就是一千年后的现在的羊肉泡馍,没有谁能证明。不过可能也差不多。羊肉中国人早就吃,而且一直就是好吃的代表。你看表现好的汉字的偏旁很多不都是"羊"字吗?"美"是"羊大","鲜"是"鱼羊",喝的"羹",也是"羔美"。在陕西喝稀汤就干馍很普遍,喝羊羹就烧饼也自然。陕西人的习惯,把馍(烧饼)掰成小块泡稀汤里吃,比如把馍泡到米汤、菜汤、苞谷糁呀什么的里边就很一般。我们小时候吃饭都是这样吃的。那么随手泡进一碗羊肉汤里,再自然不过。而这样的吃法又很好吃,以后出现专门做这样饭的馆子,也一点儿都不奇怪。

我第一次吃羊肉泡馍是上小学高年级的时候。有一年学校要粉刷墙。我们那里的公家房子,都是白墙、蓝砖。砖的部分为了刷成蓝色,要用一种蓝色的矿粉。这种矿粉要到十几里远终南山下的大峪水库一带去拉。老师要我拉上我们家的架子车，带我和另一个同学一起去。

我们一大早拉着空架子车出发，走啊走，快到中午才到大峪口。大峪口在终南山脚下，顾名思义就是大峪入口。当时因为在山谷里修大峪水库，大峪口这个山口口倒比我们北留村好像还热闹一点儿，临街有一些公家的砖瓦房。老师带我们拉架子车进到一个单位的后院，地上有不大的一堆深蓝色的什么粉。老师跟人家说了什么，然后让我们装车。装满一架子车后，老师说今天带你们下馆子，就带我们进到旁边的一家食堂。所谓的馆子仅仅就是一间门面房，有几张桌子，里边暗暗的，左边有黄色的木橱窗，隔着玻璃能看到里边有黑乎乎的案板，案板上有一些肉。靠墙有炉子。店里除了我们没有别人。老师要了三个大碗。我们拿出自己带来的馍，掰到大老碗里，然后送到窗口。过一会儿喊好了，到窗口去端回来一大老碗热呼呼的羊肉泡馍。那时一年也吃不到几次肉，羊肉泡馍也从来没吃过。没吃先闻味道就快晕倒。吃一口，汤煎汪、馍软筋、肉嫩烂……简直不能相信天底下还有这么好吃的东西！我们三个一声不吭，闷着冒汗的头呼噜呼噜一口气把那一老碗羊肉泡馍吃完。吃了后拉装满矿粉的架子车回学校，十几里路，要上几个坡，虽然很累，可是心里觉得划得来。一是终于吃了一次羊肉泡馍了，二是也能给其他同学吹牛了。

后来可能进城跟父亲也吃过几次，可是都没有多么深的记忆。真正吃开，还是到北京上学以后。新街口有一家"西安饭店"，就是专卖羊肉泡馍的。看店里的介绍，说毛主席还专门来吃过一次。按说爱吃辣子的人，吃羊肉泡馍应该习惯。因为一般羊肉泡馍都有辣酱、糖蒜、香菜做配料。辣酱的多少由食客自己掌握，习惯辣的话，放多少都可以。这么说来，每天吃红烧肉的毛主席偶尔尝一次羊肉泡馍可能也还觉得可口也未可知。

天地神明，我可不是要沾谁的光或"追星"表忠心。我仅仅是看到"西安饭店"几个字就觉得亲切。进去吃了羊肉泡馍后，更觉得亲切。大学四年，在那里吃过多少次，数不清。跟同学去的时候有，更多的时候是自己一个人去。默默地边掰馍，边看墙上的"羊肉泡馍说明"，想你说的毛主席来吃过，真的假的，谁能证明？没有照片啊。有时也看窗外，想如果正好有要好的女同学路过多好！更多的时候仅仅就是发愣，什么都不想。对羊肉泡馍别的同学兴趣不大，所以自然而然地多给我了一些遐想和发愣的机会。

后来回西安工作，有了工资，吃羊肉泡馍的机会就更多了。到底是西安,从个体户小摊子到大饭馆,羊肉泡馍到处都有。吃过很多店,觉得小寨大兴善寺外边的一家个体户的最好(可惜早已拆迁不见了)。然后就是大名鼎鼎的百年老店钟楼"同盛祥"了。吃了"同盛祥",我才知道什么是真正的羊肉泡馍,才知道北京新街口那家"西安饭店"的羊肉泡馍早就走味了。

到了日本后,当然没有卖羊肉泡馍的地方,甚至连卖羊肉的地方都很难找到。但是我吃羊肉泡馍是上了瘾的,所以只好自己做。照葫芦画瓢,买来羊肉用各种大料煮了,烙了烧饼,掰碎了煮,竟然还有点儿意思。从此为了过瘾,隔三岔五地做一次"何记羊肉泡馍",现在已经成了我们家的保留节目。

有次回西安,跟以前的一个同事聊天。这个同事是我以前工作过的单位的三朵金花之一,城市出身,北师大中文系毕业,爱打扮,人也风流。到吃饭时间了,她说请我吃羊肉泡馍。羊肉泡馍好啊,我的最爱之一。我随口问:"你也喜欢吃羊肉泡馍吗?"她不解地说:"你忘了,吃羊肉泡馍还是你教我的呢。"这么一提醒,好像是有那么回事。有次我带她和另一朵金花去长安县一带玩儿,回来在吴家坟吃过一次羊肉泡馍。那时阮囊羞涩,去不起大馆子,只能委屈她们在脏乎乎的小店吃。可是馆子虽小,却也是我自己吃出来的,味道当然没问题。没想到的是,从此她就喜欢上了。

回家把这当笑话说给妻子,她听了后白我一眼:"你忘了,我第一次吃羊肉泡馍也是你带的呀。"

露馅儿了。原来自己如此没气魄，从来没带女朋友进高级高雅高价的饭馆，吃高级高雅高价的饭。也难怪自己桃花运不怎么样。

（2004.5）

岐山臊子面

陕西人爱吃臊子面。在陕西最有名的臊子面是岐山一带的臊子面。说起岐山臊子面,很多人都流口水。

岐山臊子面的特点是"薄、精、光,酸、辣、香,煎、稀、汪"九个字。"薄、精、光"三个字是说面薄,筋道,光滑;"酸、辣、香"是说味道又酸又辣又香;"煎、稀、汪"是说汤烫,汤宽,味浓,不寡。做法是用精白面粉手工擀成薄如纸的面,切成柳叶宽的条(也可更宽)。臊子是先将肥瘦适中的肉切末,加五香粉、精盐、辣面、酱油、香醋等佐料,炒到肉烂油出,加豆腐丁、红萝卜末、蒜苗末再炒,直到肉末和菜末浑然一体才成。然后一边下面,一边做汤。取炒好的干臊子适量放锅里,兑四倍水烧开,加味精、鸡精、精盐等调味。面下好后捞出,盛入小碗,浇上滚烫的臊子汤即可。据个人口味,食用时再加油泼辣子、盐、醋等亦可。真正的岐山臊子面"薄、精、光,酸、辣、香,煎、稀、汪"一字不能差。一口一碗,年青人能吃几十碗上百碗。

西安到处有岐山臊子面馆,然而我吃到正宗的岐山臊子面还是最近的事。前年我跟人去岐山参观周公庙。周公庙在岐山县城西北,凤凰山南麓。过了岐山县城,通往周公庙的公路两边每个村子边儿都有巨大的牌匾,白底红字大书"岐山民俗村",还有标语:"参观农家,体验民俗"。更有很多家门口有"岐山臊子面"的牌子。原来这一带搞民俗旅游,好多民家都改成民俗旅馆或民俗餐馆。我们参观过来,肚子也正好饿了,就找一家看样子比较干净的农家吃饭,顺便品尝正宗岐山臊子面。进了街门,不大的院子收拾得干净整齐,左边是一间厨房,正对面是新建的两层平顶楼房。平顶楼房虽然没了这一带传统民居的风格,但是干净,也就将就了。

院子没人,喊了几声,里边出来一个年轻女人,热情地把我们让进门厅里坐下喝茶,说她这就去喊男人回来。不一会儿一个很精神的年轻人回来,满面笑容,说没有客人,他到谁谁家打麻将去了。我们说我们从西安来,专门要吃你们的岐山面。他说正好,我们家的臊子面才是最正宗的,西安哪儿哪儿的臊子面馆,就是从我们家拿臊子,不信你们回西安去问。我们都笑笑,每人要了四两。小伙子却说他们这里不算量的,算份子,一份五块钱,吃饱为止。我们不明白,就入乡随俗按人头要了。小伙子马上下厨房,打开炉灶,烧水下面炒臊子。我们看了一会儿他做臊子,然后回到门厅喝茶。大概过了有十几分钟,女人用托盘端来七八个冒着热气的小碗。接过一碗,拨开艳艳的红油,用筷子挑出柳叶宽纸样薄的精白面条,吃到嘴里,"辣、烫、香、酸、滑",无以名状。而且就一口,一碗就完了。问女主人汤怎么办?说喝也行不喝也行。以前都是把这汤倒回臊子锅的,现在为了干净,都不要了。我们觉得可惜,但是面一拨又一拨地端来,也就顾不得那么多了,一口接一口,也就一碗接一碗吃。我大概就吃了十几碗。我们每个人都大汗淋漓,酣畅痛快。吃到最后才明白了他们这里不论量卖的原因——让食客吃个痛快!

我们家也经常吃臊子面,但是关中的跟岐山的还有些不一样。我让小伙子给我说了大概的做法,想回家照猫画虎也做正宗的岐山臊子面来着,可是人懒,也没有做饭的惯性,以至于到现在都还没有尝试过。

(2004.5)

红烧麻雀

给人说我跟电影《日出》的女主角勾搭过一次，没有人相信。是的，如果有谁给我这样说我也不相信，只会不屑地哼一声："做梦吧，您哪！"

大学毕业后，我被分配到外语学院给留学生教汉语，常要带学习结束后的短期学生到各地参观。这对我来说再好不过，因为可以公费到各地观光旅游。

有一年暑假我们接待一个美国的短期团。二十来个人，差不多都是老头老太太，说来学中国话还不如说来游玩。上午他们装模做样学汉语，我们也正儿八经教汉语，下午他们学太极拳、国画、民族乐器等，体验中国文化。周末参观兵马俑、乾陵等。三四个星期过后，要经上海出境回国。我带队，有一个英语翻译陪同。我们先到洛阳，住一家涉外宾馆，有空调有冰箱，也干净也舒适。参观白马寺，少林寺，龙门石窟等，老美们都很满意。然后坐火车去上海。火车是专门给我们加挂的软座车厢，也有空调，非常舒适。到上海是晚上十点多,同济大学外事处的人来接。这是提前联系好的,在上海请同济大学接待,住他们的留学生宿舍。

到学校可能都十一点左右了,把行李拿上楼,刚分配好房间,不得了,一路快乐友好的美国佬们都吱哩哇啦乱叫起来了。英语我不精,听不懂,通过翻译才知道,他们嫌宿舍条件太差。跟洛阳的涉外宾馆比,条件是很差,四个人一间房,没有空调,淋浴和卫生间共用。但是他们最为抗议的是说让他们跟牛一样睡到草上,觉得这是对他们的侮辱。原来床上铺的是凉席,罩的是蚊帐。凉席和蚊帐,这是我们中国人夏天最舒服的睡觉方式了,可是在这些美国人看来,草编的凉席也是草,只能是牛睡的,怎么能给人睡?他们认为这简直是对自己人格的污辱。我给他们怎么解释都不行,最后只好把服务员都叫起来,把凉席全撤了,换上褥子床单。

但还是不行,没有空调,褥子床单当然太热。可是正当旅行旺季,本来就预订不到宾馆,这么大半夜的,到哪儿去找这么多人住的宾馆?怎么办呢?作为带队的我,犯了老愁了。

后来我想了一个折中的办法,住宿太简陋,但是现在没有办法,变更不了,请多谅解。然而吃饭可以变更,可以吃得比预定豪华一些。本来预订在学校的留学生食堂吃的,今后全部改到市内的饭店吃。如此这般,折腾到深夜,才总算把这些义愤填膺的老美给摆平了。都睡下后,我和翻译躺在凉席上议论,这么热的天,汗津津的,老美们在褥子上能睡着吗?

就这样,后来的两天,从早餐到晚餐,我们都在浦江饭店吃。浦江饭店进门左手的大厅那时正好在拍由曹禺话剧改编的电影《日出》的社交舞会场面,每次去吃饭,从门缝里都能看见里边美女如云,帅哥成群。其中有一个身材修长的女子,穿着一身鲜红的连衣裙,很显眼,想必那就是女主角了吧(后来看电影,果然就是!)。那是第二天中午,我们的餐桌上竟然上了"红烧麻雀"。我小时在村里经常掏麻雀蛋炒着吃,别的人也有抓了麻雀用泥巴裹着烧了吃的,但是我却是一次都没吃过。看到盘子里瘦小干瘪的红烧麻雀,也没觉得会多么好吃。吃了才觉得味道还不错,跟鸡肉很像,只是比鸡肉更干一些,更少一些油分。那个时候环保呀,动物保护呀还喊得不那么厉害,给那些老美说,他们也并没有反抗,而是兴致勃勃地吃,还一个劲说好吃。

　　吃完饭,他们都出去了,我在后边付款。那时都是现金,我挎的一个破包里,出来的时候装了一万多块人民币,沉甸甸的。付了款,我急急往外走,要赶已经出去的老外们。到舞厅附近,舞厅的门突然打开,穿大红连衣裙的《日出》女主角跟几个人迎面而来。我还没来得及多看一眼,大红连衣裙就一股风似的从我身边"擦肩而过"。我心里刚想他们原来也是在这里吃饭,就觉得装了上万块现金的破包被往后拉。赶紧回头一看,不得了了,那豪华的大红连衣裙挂到我破包的铁钩上了! 我赶紧"哎哎哎"喊,那有名的女主角可能也感到自己的裙子被人拽了吧,停下脚步回过头来看。我赶紧用手把挂住的铁钩从裙子上取下来,还没来得及说一声什么,也没来得及看那女主角长什么模样,她就风风火火地走了。

　　说到这儿,勾搭的事你该相信了吧? 前后就几秒钟的事,可却是我不多的一次"桃花运",而吃麻雀,却只是陪衬了。

(2004.5)

小站米

　　我一直对米饭没多大兴趣。要说主食喜欢的顺序,首先是面条,然后是馒头,最后才是米饭。我哥更绝,到现在都不吃米饭,人家吃米饭,他啃干馒头。

　　我们北留村在少陵塬上,少雨缺水,只能种小麦、苞谷和谷子等。种不成水稻,当然也就吃不上大米。不过我家也不是完全吃不上,每年也总能吃几次白米饭。那大米的来源有二:一是种水稻的川道(我们那一带把旱塬下边的河道叫川道)的人用手推车推着大米来村里换小麦,妈偶尔会换一斤两斤;二是我有一个姑妈家在鸣犊雷家湾,那里就是川道,主要种水稻,有时也给我们家送几碗。特别是过年过会去出门,给我们的回礼常常就是一碗大米。这样,逢年过节的我们家就能吃一顿白米饭。大米少,有时候妈在大米里掺一些小米,做成二米饭,虽然不如纯大米饭香,但是也比小米干饭好吃一些。我们那一带川道种的水稻叫"桂花球",名字好听,蒸成米饭也非常好吃。

到北京上学,学生食堂的米饭叫"粳米饭"。为什么叫这么个名字,到现在我也不明白,反正太难吃。据说是先用水煮,然后捞出来用笼屉蒸,所以结成硬块子,颜色灰白,还有很多可疑的黑点点。就这,吃了四年。因为又干又硬,太难吃,包括我在内的很多学生常常吃一半就倒了,洗碗池都被剩饭剩菜堵住。有一次副校长为了教育大家不要浪费粮食,从洗碗池里把米饭捞出来,用水洗后吃了。精神可嘉,可是在我们学生中的反应却并不怎么样:"有能耐天天跟我们吃食堂,别假模假式的吃一次就回家吃好的去了。"

所以很长一段时间我一直认为除了我姑妈家川道的"桂花球"以外,中国就没有好吃的米饭,特别是北京的米饭,包括有时候在外边食堂吃的米饭,更是难吃之极。这也是造成我不喜欢吃米饭的一个很重要的原因。

但毕业工作后的一次经历,却改变了我的看法。有次到北京出差,因为我那时教对外汉语,好像也算是外事部门的,所以有介绍信就能住到友谊宾馆。晚上我一个人壮着胆到友谊宾馆的餐厅去吃饭,点了一个菜,一碗米饭。令我意外的是送上来的一小碗米饭洁白晶莹,油亮闪光,是我到那时为止见过的最为洁白光亮的,完全不是学生食堂的那种灰颜色像一盘散沙的干硬米饭。用筷子夹一口吃到嘴里,好家伙,又软又筋又黏,香甜可口,没有一点杂味,比我姑妈家的桂花球好像还好吃。难道这是……? 一打听,果然就是早就耳闻的国家领导人才能吃的天津小站米,原来给老外食堂也特别供应。由此我才知道北京其实也能吃到好米饭,只是比较特殊而已。

后来到了日本,米饭很好吃,都像在友谊宾馆吃的小站米一样,一打听才知道,日本水稻的品种跟天津小站米、陕西桂花球属于一种,都是短粒种。海洋性气候的日本,雨水多,是个典型的稻作文化国家,主食基本上都是米饭。近代以来受西方饮食文化的影响,虽然吃面包、意大利面条的人多起来了,但是传统的人家还是一日三餐都是米饭。刚到日本的时候有人问我在中国早上吃什么,我回答说吃稀饭,有时还吃面条,他们很吃惊:"早上起来就吃汤面呀?"这有什么奇怪的呢?早上起来喝稀饭,吃油条,吃汤面,很正常呀。可是我再一问他们早上吃什么,我也吃惊了:"什么?一大早起来就吃干米饭?不噎吗?"

日本人吃米饭也讲究,对米的要求高,一定要当年产的新米,还要讲究品种,"越光"牌是最有名的。更讲究的人还讲究产地,新潟县渔沼地区产的米最高级,价格是无名产地的几倍,还买不到。我们家当然不可能买什么渔沼产的新米,但就是一般的新米饭也非常好吃,所以虽然我还是不能早上起来就吃,但是对于经常吃米饭,已经完全习惯了。

然而什么都不能过分。还是十多年前,有一年暑假,大阪特别热,为了避暑,还不能误了打工,我们找了一个到高原地区农家帮忙种菜的活。这家在长野县野边山,当地号称日本国有铁道海拔最高线路。夏天凉爽,风景优美,有很多别

墅。农场种白菜、莲花白、生菜等别的地方夏天不能种的蔬菜。我们的工作是收获蔬菜或者移栽菜苗。每天从早上八点一直干到下午五点以后,工作特别辛苦。但是有个好处是吃住全包。每天农家的老太太做饭给包括我们在内的全家人吃。那饭着实有意思:早上起来蒸一大锅米饭,早餐就是大酱汤、烤鱼、生菜沙拉和米饭;中午是米饭和烤鱼、生菜沙拉、大酱汤;晚上是生菜沙拉、烤鱼、大酱汤和米饭。一日三餐,餐餐如此,天天如此。刚开始还觉得有饭吃就感谢了,然而十几天后就实在受不了了。当时最想吃的就是方便面,心想你也别辛苦做饭了,给我们一人一个碗面就感谢不尽了。当然没有人给我们方便面,每天体力活很累,不吃饱不行。所以跟受刑似的,每天从早到晚吃那天天顿顿都一样的米饭和酱汤。

我们虽然觉得苦,但是一个月就走了,那农场主一家却永远都是一样的,然而他们却不觉得苦。我开玩笑说可能让他们天天吃我们的油泼面，反倒要叫苦了。

我们北方人出门带馒头烧饼之类的，日本人却是带米饭团子。日本星罗棋布的便利店销售最好的就是米饭团子。听说日资便利店把米饭团子搬到中国，照样卖得欢。可见只要好吃，习惯呀国界呀民族呀什么的都是次要的了——虽然我自己还是喜欢吃面条和馒头。

(2004.6)

火　鸡

　　还是以前在西安工作的时候，一年冬天，外国专家大院里突然养了一只巨大的、白色的、奇丑无比的鸡。说它丑是因为它不但比一般的鸡大，巨大的身子非常臃肿，更是因为那鸡冠扭哩扭曲疙哩疙瘩的很难看。我不明白为什么突然养一只这么丑的鸡。问食堂的师傅，师傅笑我："你个外行，那是火鸡，人家老外过圣诞节要吃呢。"哦，原来这就是火鸡！那是我第一次看到火鸡，也是第一次知道老外过圣诞节要吃火鸡。果然圣诞节以后那只奇丑无比的火鸡就不见了，不用说是进了那些高鼻子蓝眼睛外教们的肚子了。

　　日本人现在过圣诞节，可能比美国人还重视。商店从十一月就开始装饰，很多街道也都装饰圣诞灯饰，令人不能相信这就是东方的日本。而且到圣诞节，也跟老外一样，穿圣诞老人的红衣服，给孩子送圣诞礼物，吃圣诞蛋糕……还有一样重要的，就是吃"火鸡"。商店都做这个生意，到处都是卖蛋糕和"火鸡"的。但是其实很少有真正的火鸡，差不多都是一般的炸鸡。我们也不能免俗,到这样的时候也给孩子买蛋糕和炸鸡吃,照例不是那巨大的昂贵的火鸡。

有一年快到圣诞节了,我们被一个公民馆请去给市民教做饺子,同时他们也请了一个老美给大家教做圣诞菜。包饺子是一个大动干戈的事,白菜韭菜大肉葱姜蒜油盐酱醋锅碗瓢盆什么都得准备。准备好了发动大家一起动手,切菜的切菜,和面的和面,擀皮的擀皮,包饺子的包饺子。这些日本人很笨,和不了面,更包不了饺子,得一个一个手把手地教,把我们夫妇两个真是差点累死了。而那个老美呢,带来一只足有一头乳猪那么大的火鸡,用盐和胡椒一抹,然后放进烤箱里,打开开关,定上时就完了,简单至极。到吃的时候了,我们还得看着火候一锅一锅慢慢煮,他却是从烤箱里端出来切成块就行了,也极为轻松。可是什么事情都和工夫成比例,我们下的工夫大,大家也都是动了手的,所以饺子很受欢迎,一抢而光,连我们吃的份儿都没有。而那个老美的烤火鸡呢,从烤箱里拿出来的那只巨大的火鸡,白白的没有什么颜色,油汪汪的看着就害怕,怎么看着都不香,切下来的肉块也巨大,没有人敢下手。有大胆的人切一小块尝了尝,给人家老外一个面子,但是也

就放下不动了,还是转过来吃饺子。我看着那火鸡更是不想动筷子,因为一点儿都看不出香来,一点儿都没有诱人的地方。那个老美觉得很不可思议,这么好吃的东西怎么大家都不动手?最后几乎是他自己一个人把那只巨大的烤火鸡吃光了。那老美人也长得巨大,看着他抱着那么肥大的火鸡吃,在场的人都服了。

完了后搞交流活动,我讲中国的饮食习惯,他讲美国的饮食文化。我好奇,问:"看你们美国的电影,大家好像经常吃罐头。地下室也存放这大量的罐头。"他一下急了,说我们不光吃罐头,还吃香肠,还吃热狗和汉堡包!看着一个巨汉发急的样子,大家都善意地笑了。大家笑,他也笑了,说:"罐头好吃,我们喜欢吃。"

吃的东西当然不能靠相貌的美丑来决定味道的优劣,更不能靠印象。我到现在都没吃过火鸡,也不知道火鸡到底好吃不好吃,但是既然老外能那么喜欢,想必不会太差吧。

(2005.11)

芒　果

那个年代，因为父亲在城里工作，所以比起周围全家都在农村的孩子，我多一些工业制品。别的孩子还是他妈用旧布头给手工缝制的书包的时候，我就有了父亲从城里买回来的塑料书包。同样，用铅笔盒也比一般孩子早一些。那还是上小学二三年级的时候，父亲给我买回来一个小小的铁制铅笔盒。铅笔盒左边三分之一部分是红底，红底中间是一个白色的盘子，盘子里放一个金黄色的椭圆形的水果，右边三分之二是黄底，印着一行红字："伟大领袖毛主席送给北京工人阶级的芒果"。我爱不释手。这个铅笔盒大概跟了我两三年。

但是"芒果"是什么东西，我却一直不知道。听说是一种特别珍贵的水果，心里却疑问重重，不敢问谁，也不敢说出口："一个芒果，送给北京工人阶级，怎么分呀？北京工人阶级肯定不是一个人呀。"还

有："毛主席送的，肯定谁都舍不得吃。可是水果不会放坏吗？"还有："芒果是什么样的水果呀？什么味儿呀？"还有："这个芒果现在在哪儿？如果能看一眼多幸福？"还有……如此这般，差不多每天都会端详着铅笔盒遐想好长时间。

说出来不怕人笑话，这些疑问我藏在心里几十年都没找到答案。不但没找到答案，连真正的芒果都一直没见过。

到了日本，有一天在超市买东西，发现跟苹果呀柿子呀香蕉等放在一起的有一种椭圆的金黄的水果，每个都用泡沫塑料的小网袋包着，很特别。过去一看牌子，这不是芒果吗？巴掌大小椭圆扁平的水果，黄里透绿。拿起来闻一下，一股奇异的甜涩味道扑鼻而来。终于见到了，就想买一个尝尝，可是一看那价格，我的老天，贵！一个芒果值半碗汤面，一个穷学生，吃饱肚子要紧，怎么敢买这么贵的水果？

从此，我到超市去常常会顺便看一眼芒果，但奇怪的是再也没有要买的冲动。后来工作了，有了收入，竟然也没想着去买。可能见到了，知道了是个什么东西，破解了几十年的疑问，一下子反倒兴致索然，觉得无所谓了。

第一次也是迄今为止唯一的一次吃芒果，还是两年前的一天。一个台湾朋友从台湾返回日本的时候，给我们送了两个很大很漂亮的芒果，说台湾是芒果产地，特意带来送给我们的。当天晚上，我给孩子们讲了当年铅笔盒的故事，然后全家人一起，郑重其事地开始吃芒果。我们先把芒果用清洁剂洗干净，用毛巾擦干，放到盘子里，端到桌子上。再按台湾朋友教的方法，小心地剥那金黄的皮。意外的是皮很厚，而且

皮上带了很多果肉，我穷命，不由就放嘴里啃，甜甜的，后味有点儿涩，跟在超市闻的味道一样。皮都剥开后，剩下的果肉软软的，烂糟糟的，很不起眼。里边有很大的核，用小刀把果肉从核上切下来，切成片，先给孩子们吃。孩子们开始都很振奋，还抢着吃，但吃了几片可能都觉得也不过如此，再没人抢。

北京工人阶级到底吃没吃毛主席给送的芒果？吃了后觉得好吃不好吃？如果都不敢吃，那些芒果最后都到哪儿去了？无数的疑问都不得而知。不过就我们家的感觉而言，好像一次足矣。虽说买一个芒果也不至于倾家荡产，可是从那以后，还是再也没买过。是穷命，舍不得买，还是觉得相对于那贵劲而言，味道一般？不好说。好像都是，又好像都不是。

但是孩子很喜欢吃芒果味的果冻，我去年到香港开会，喝芒果汁也觉得不错，可见还是穷命吧。

（2004.6）

乌冬面

我在日本吃的第一碗饭是一碗乌冬面。

那是 1987 年 4 月最后的一个星期天，一个晴空万里的日子，我从上海虹桥机场坐飞机到大阪伊丹机场。第一次出国，虽然充满憧憬，但因为不会日语，心里却非常不安。而且下飞机后还出现了令我更加恐怖的事态——出了海关，却没有看到应该来接机的人！你可以想象一个哑巴从还很不开放的内地城市突然到了当时已经是世界第二发达国家的我当时会慌到什么程度。

不过我一个乡里小儿后来能在日本打开天下，也许就是从此开始的——虽然我刚下飞机，刚一踏上日本的土地就陷入绝望状态，但幸运的是马上就有贵人出现了。

还是刚上飞机的时候，我要往行李架上放行李，下边坐的一个小伙子站起来说他头顶上的行李架位子是他的，不能随便放。这就奇怪了，座位是指定的，但行李位置并不是指定的，怎么能说就是你的呢？我虽然心里想这土老帽，连这都不知道还出国,但嘴上当然不好意思说什么,只能叫来空姐。空姐给那土老帽解释了一下,让我把行李放上去了。没想到不打不成交,坐下说两句话才知道,人家是从上海来的,而且是学日语出身,我不由肃然起敬。可能正因为是上海的,不用去外地,没有坐过飞机。他说他当导游认识了一个日本老头,老头自愿给他当保证人,并帮他办了留学手续。我很羡慕他有这样的机遇,也很稀奇竟然有这样好心的老人。

我们一起下飞机,一起拿行李,一起出海关。到了大厅,就看到来接他的那个保证人老头了。老头个子不高,脸上堆满笑容,很和善的样子。我们当然少不了互相介绍了一下。虽然跟他们寒暄,但我却心不在焉,因为我得找来接我的小火。可是我东张西望,却没看到一张认识的脸。我的六神一下就无了主,头上一下就冒出了汗。老头看我满头大汗,东张西望,惶惑绝望的样子,通过那位上海小伙子问怎么回事。我说了我的窘境,老头很同情,竟然没有接上那上海小伙子就走,而是跟那上海小伙子一直陪我等。等到人都走散了,还是没有看到来接我的小火。我急得有些沉不住气了,我开始明白了经常在书本上看的叫天天不应,呼地地不灵的意思。老头问我应该是谁来接。我给他说了这边应该是谁接。他问怎么联系的,我说昨天在上海给小火公司发了电报。老头一听说坏了。原来这发达国家人已经开始周休二日,星期六不上班了。先不说日本大部分都用电话直接联系,已经很少用电报了,就说邮局即使星期六当天送到,公司也没有人看到啊！听他这么一说，我心一下更凉，更是绝望了——这下真完蛋了！

老头也着急了，他带我找到机场的公用电话，给电话里投了硬币，然后打了很多电话。我也不知道他给谁打什么电话，反正竟然联系上那家公司的某个人，又通过那个人问到小火家的电话，给小火也打通了电话。小火果然正在家休息，她一听吓了一跳，要我不要动，就在原地等着，她马上出门来接。

我都不知道如何感谢那热心的老头和上海小伙子了。如果不是认识他们，不是他们热心帮忙，我真不知道如何是好。他们看我没问题了才告别走了。

如此这般，一个多小时后，终于等到小火来。你可以想象我当时看到小火的心情。看到小火，我就像看到青天，看到救命恩人一样。

小火带我出大厅，我们打的去大阪市内。出租车行驶在高速道路上，非常平稳，简直就像滑行在水面上一样。小火是一个几年前来留学，现在这家公司工作的上海姑娘，漂亮可爱，她沿途用上海人轻柔的普通话热情地给我介绍大阪的这那。她介绍的一切对我来说都新鲜。

出租车大约行驶个把小时，到了一家叫做"Nakanoshima Inn（中之岛酒店）"的饭店门口停下。小火帮我办好入住手续，把我领到房间，给我介绍说第二天早上自己到二楼餐厅去吃早饭，九点半她来接我，带我去学校报到。她问我晚饭怎么办。我知道已经打搅她周末休息了，虽然自己心里非常没底,但还是打肿脸充胖子地说:没关系,我这么大一个人,怎么都能吃到饭。她半信半疑给我大致介绍了一下周围的小饭馆,还热心地给我说你看到什么手指什么就行,不说话也不要紧。

小火走后,我放下行李,把房间好奇地打量了一遍,房间很小,大概只有十几平米,只有一张单人床,靠墙有一张很窄的桌子,还有一个小冰箱,如此而已。卫生间也很小,但惊人的是从马桶到洗脸池到浴盆一应俱全,都非常洁净。我对发达国家的饭店感叹半天。

对房间感叹半天后,窗外也开始黑起来了。觉得肚子有些饿了,我就下楼去找吃的。说找吃的,也不敢走远。饭店大楼一层面向大街,就有一家门面很小的店,好像是面馆。门口玻璃柜里摆着几碗很粗的汤面,后来我才知道那是蜡做的样品。每碗面条下写着"600"或"700"的数字,应该就是价格了。我在门口犹豫了一下,然后推开门走了进去。

刚进门就听到一声什么吆喝。店里灯光比较昏暗,铺面很小,只有两三米宽,四五米深,里边只摆了几张很小的桌子。我就在门口一张小桌子坐下,一个男店员又吆喝一声,端来一杯凉水,拿来一张写着毛笔字的白纸给我,问我什么,我想应该就是问我吃什么了。我一看白纸,上边写的差不多都是日语假名,我也看不懂写的什么,就把最前边一个下边写着 600 日元的指了一下。那店员又说了一声什么,在手上的小纸上写了几下,就走了。

我喝了一口凉水,边等饭来,边观察这窄小的店内。四

周的墙是土黄色的,小桌子是黑色的,凳子也是黑色的,但透
过昏暗的灯光能看出来收拾得非常洁净,一尘不染。有两个
中年人正坐在里边一张桌子上吃饭,好像也没说话。整个店
里边除了厨房传来鼓风机声以外,几乎没有什么声音,非常
安静,只能听到门外来往的汽车声。不一会儿,那个店员用
一个黑色的小托盘端来一个大黑碗放到我的面前。那大黑
碗比我们北留村人吃饭的大老碗还大。大黑碗里边是黄亮
的宽汤,宽宽的汤里有足有筷子那么粗的面条,粗面条上边
有一点翠绿的葱花,看着倒也诱人。我拿起小托盘里平放着
的白色的纸套,抽出筷子。筷子是用竹子做的,也很精致,但
明显是一次性卫生筷。连卫生筷都这么精致!我不由在心
里感叹了一下。我掰开筷子,夹了一筷子面条。粗粗的面条
并不像我想象的那样,不但不硬,反而软软的。我送到口里
吃,很筋道,有嚼头,也不错。跟我们陕西的油泼面膘子面不
一样,味道很清口,但清口而不淡口,有一种醇厚的后味。对

我来说，就觉得缺一勺子油泼辣子。如果再加上一勺油泼辣子，那就完美无缺了。

作为到日本后的第一碗饭，这碗粗面条改变了我来日本前对日本食物的莫名的偏见，稍微增加了一点在日本生活的信心。吃完饭，我起身掏出身上仅有的一张一万日元纸币给那店员。那年轻店员接过我给他的一万日元，在手上看了半天，又把我上下打量了一下，然后还跟里边的人说了什么，才收下，给我找了九千日元纸币和四个一百日元的硬币。我不知道他们说什么，也不知道这小店员为什么把我给他的钱那么仔细端详，难道是他以为我骗他，给他假币吗？要知道，那可是我在中国银行换出来的！

第二天吃过早饭，小火和她们公司的另一个女的来接我，送我去日语学校报到。小火问我昨天晚上吃什么。我说吃了粗面条。小火说那叫"乌冬面"，是日本式汤面，大阪的乌冬面最好吃。然后我问小火，我付钱，店员好像觉得我给他的是假钱，把钱和我看了半天，是不是日本人对我们中国人不友好？小火问我是什么样的钱。我说是在中国银行换的上边画着"圣德太子"的一万日元啊。她一听笑了，说日本前一年换纸币了，你拿的那钱是原来的纸币，现在在市面上已经很难看到了，肯定是小店员觉得稀奇，多看了两眼。

啊哈，原来如此。我在西安办出国手续的时候，省外事办给我开证明，要我到西安市解放路上的中国银行去换钱。一次出国，只能换一万六千日元。原来中国银行保存的还是旧纸币,所以我换来的只能是旧的。哈哈哈,误会了误会了。谁说的来着?世上本没有多少坏人,看人的眼色怪了,对方也就变成了坏人。你看,大阪机场热心给我帮忙的那个老头,还有这个被我差点误会的店员,不都是善良的好人吗?

(2014.9)

生鱼片

我大伯家有三个儿子,现在都互相吵闹得成冤家了,年轻的时候在我小小的眼里可是有分量的。秋天在地里挖老鼠洞就比我和我哥本事大,能挖出好多粮食。我大伯吃的豆瓣酱,就是大妈用他们从老鼠洞里挖出来的黄豆和黑豆做的。他们有时候还能从川道的小河里捞回小鱼来,那时大伯吃饭的小碟子里就会有油炸的小拇指长短的鱼,看着就流口水。但是大伯家人都吝啬,从来没给我们尝过。

后来我们家情况稍微好转,过年的时候父亲也从城里买几条咸带鱼回来。那带鱼臭哄哄的,腥味很重,但是洗净油炸后也是过年过节的一道不错的菜,我们也还都吃得高兴。再后来进城上学,特别是参加工作后,吃鱼的机会就多了。什么红烧鲤鱼、清蒸草鱼等时不时地也都有机会吃。但是听日本的留学生说他们吃生鱼片,心里总是生疑:那么臭哄哄的鱼,生吃多恶心?

刚到日本,看到超市生鲜柜台有切好的各种各样的生鱼片,但是没有勇气买。还是觉得:那么腥的,怎么吃?

　　不久有原来在外院教过的几个日本学生请我到京都去玩儿。大家从日本各地赶到京都,一起住火车站附近的一家日式旅馆。住下后,晚上一起去附近的一家饭馆吃饭。那是一家日本料理店,店里的柱子房梁都裸露在外,经年累月熏得黑油油的。用木头隔开的桌子都很小,坐下很拥挤,但是自然也就感到亲密。他们点来的"料理"当然都是日本的,那时我刚到日本时间不长,什么料理都叫不上名字。大家一人一杯冰镇生啤酒先干杯,他们都欢迎我来日本,口口声声想不到能在日本见到老师。我也感慨万端。我们家往上数祖宗八辈子都找不到任何海外关系,竟然也能出国,来到日本,能跟大家在日本这个小饭馆一起吃饭。正干杯寒暄,有店员

端来一盘深红色的肉块,配有白色的萝卜丝,绿色的什么树叶,暗红色的海草,粉红色的小米粒大小的叫不上名字的花。他们给我说这就是日本的"生鱼片",请我先吃。我当时觉得什么都新奇,什么都是新感受,所以什么都没想,就按他们教的方法,把山葵泥放到酱油里,然后挟一片(块)深红色的鱼肉,蘸了酱油,放到嘴里就吃。红色的鱼肉在嘴里咬了几下,有些酱油的咸味,还有一种呛呛的味道,正好综合了酱油的咸味,肉软软的,还有点汪汪的感觉,下咽的时候一滑溜就下肚了,总之感觉很不错。从酱油的香味到山葵泥的呛味,还有软软的鱼肉的口感,都是全新的体验,我一点都没觉得难吃,也没感到不能吃。不但如此,反而觉得好吃,吃得极为自然。我刚夹起第一片鱼肉吃的时候他们都停下手看我,看我敢不敢吃。待我吃了一块,口说"好吃",马上又要吃第二块时,他们都放心地笑了,说:"看来老师在日本生活没问题了。"

我后来也不明白,当时怎么就什么都没想就吃了?没想臭带鱼的腥味,没想生肉的恶心,没想吃了会不会闹肚子。我现在甚至认为,就是因为这第一次吃生鱼片时学生们的关照,使我吃了后也没有特别的不习惯的味道,才使我对生鱼片一开始就没有产生反感和厌恶。因为他们点的是最常见的,没有特别味道的金枪鱼;而且更因为当时跟大家一起的氛围,使我没有多想,使我能放心吃。

吃东西,不光是口感味觉,氛围同样重要。我甚至想,如果第一次吃生鱼片不是跟学生们一起,没有那样自然随便的

氛围,不是吃少有腥味的金枪鱼的话,是不是我还会像现在
这样喜欢吃生鱼片呢?特别在日本,"SASHIMI"是指所有
的生吃的肉类,甚至有时还指蔬菜类食物。单就鱼类的
"SASHIMI"(这才是生鱼片),种类就不可计数。海里的湖
里的河里的,好看的难看的,包括章鱼海胆牡蛎等相貌狰狞
和丑陋的,都拿来生吃。甚至连生马肉生牛肉都吃。如果不
能吃生的,那么对日本的饮食文化就等于放弃了一大半,而
且是代表性的一大半。就像吃中餐不吃炒菜一样。

　　我很感谢我的那些学生,我也庆幸我能吃鱼了。不但能
吃鱼了,而且连生鱼都能吃了。

(2004.7)

河　豚

　　我现在生活的山口县知道的中国人不多，可是如果说下关，不知道的中国人就不多了。下关是山口县的一个市，臭名昭著的《马关条约》就是在这里签订的。签订《马关条约》的那个"春帆楼"现在还在，李鸿章和伊藤博文谈判的桌椅也还原样保存着。下关很早就作为日本对外开放的港口而驰名。但是这个港口在日本的有名，还有另外一个原因，这里是日本最大的河豚集散地。不管天然的还是人工养殖的，日本各地的河豚绝大部分都集中到这里，然后再通过这里的批发市场销往全日本各地。

　　河豚虽然有剧毒，但因为肉质鲜美，日本人很爱吃河豚。他们早早就确立了去毒的调理方法，使吃河豚不再是一件玩命的事。而为了能安全吃河豚，日本政府还专门设有屠宰河豚的国家资格，只有通过国家资格考试的厨师，才有资格调理河豚。既然下关是河豚集散地，那按道理吃河豚应该很便宜很简单了吧？其实不然。河豚正因为肉质鲜美,调理也难,喜爱者趋之若鹜,所以末端价格昂贵,绝大部分只能被大阪等大城市的高级料亭和销量大的河豚连锁餐馆买走了,留在集散地的实际并不多,结果是这里的零售价比大城市还贵,一般人是吃不起的。

我刚到日本不久,通过一个原来在西安教过的留学生介绍,在一家民间的汉语讲座找到一个教汉语的工作。在教的学生里,有一个中年男人,是大阪国立国际美术馆的研究员。他对中国画很感兴趣,一直设想策划一次中国绘画专展。他学汉语的目的就是想学会说中国话,直接到中国去跟中国画家交流,交涉展览事项。几个月后我们很熟了,到年末的时候,他说他家就在附近,热情地邀请我到他家去玩。这天课上完后,他带我走了不远,竟然走到一个熙熙攘攘的商店街。他介绍说这就是大阪有名的黑门市场,到年末了,人都来购买年货。商店街上有透明的遮雨屋顶,不太宽的街上挤满了摩肩接踵的人,两旁是各种各样的小商店。最多的竟然是卖鱼卖肉的店铺。我们走到商店街中间,他把我带进了一家店头摆满各种鲜鱼的鱼店。他说这就是他老家,然后给我介绍了他父母。一家人都很热情,他母亲放下手中的活招呼我上楼坐。我们坐下喝茶说了一会儿闲话,他给我介绍了一下日本人过年的习惯,然后带我下楼到一楼店铺,指一些身上有黑色花斑的滚圆的鱼要我指一条。我也不知道他是什么意思,也不知道那是什么鱼,就随便指了一条大大的。一个小店员提起来就在案板上熟练地宰割起来。大概也就是不到十分钟时间吧,那小师傅就把那条滚圆的鱼分解完了,然后把调理好的鱼按鱼肉、鱼皮等按部位仔细地放到一个里边分隔成好几个格子的脸盆大小的塑料圆盘里。同时还准备了一些切成片的白菜，用锡箔纸装一点儿葱末，外加一瓶什么调料，都装进一个大塑料袋，然后给我，说做火锅怎么好吃怎么好吃。我没想到原来他要给我鱼，后悔自己没有客气就指了一条最大的鱼，人家是做生意的啊。不过我也很感激，我们一般嫌贵，很少买鱼。我说了很多感谢的话后告辞，带回家后当天晚上就跟当时还是女朋友的现在的妻子做火锅吃了。吃了觉得肉软软嫩嫩的挺好，就是那小瓶调料太酸，不敢恭维。

就这样，不知道过了几年时间，一天有事到那个"黑门市场"去，看到那么多销售河豚的鱼店，还看到几年前来过的那朋友的老家的店才恍然大悟，原来他家是专门卖河豚的，原

来他给我的就是以鲜美软嫩著称的河豚肉,原来我们没什么特别感觉的火锅,实际上是非常昂贵的河豚!我后悔自己那时太无知,太轻描淡写没好好感谢人家,太随随便便没有任何特别感觉,没做任何思想准备就把昂贵的河豚吃了。

其实我后来有过好几次吃河豚的机会,每次都觉得非常好吃,信了中国人说的"冒死吃河豚"的说法。可是妻子知道后却再也不敢吃了,说害怕。有一年到上海去,苏州河的护岸就用白油漆大大地写着"河豚有毒,禁止食用"。妻子好像终于找到援军一样指着说:"你看你看!"话说回来如果有人请你吃河豚,不是日本有执照的师傅做的,你可千万不要吃,真有生命危险的。连日本现在每年都有自己调理河豚中毒死亡的人。

可惜的是在我知道那位朋友给我的是贵重的河豚后,因为我已经离开那家汉语教室以及其他原因,跟他失去了联系。要不然我一定要向他当面道歉,道歉自己无知;还要重新向他表示感谢,感谢他送给我们那么贵重的食物;还想问他,他是否还钟爱中国画,他策划的中国绘画展成功举办了没有?

(2004.5)

近江牛

提到日本牛肉,很多人都知道"黑毛和牛"、"霜降牛肉"什么的,吃家更是知道"松阪牛"、"神户牛"等品牌牛肉。据说还有吃家专程到东京大阪一带的高级日本料亭吃品牌霜降牛排或涮肉。这些高级霜降牛肉,在日本连一般的中产阶级都不敢光顾。能有幸光顾的也基本上是沾公司接待的光。因为太贵了,那价格令人望而生畏。

其实日本的高级品牌牛肉,并不仅仅是"松阪牛"和"神户牛",还有"但马牛"、"米泽牛"、"飞弹牛"等很多高级品牌,而产于滋贺县的"近江牛"更是在日本盛名远扬,与"松阪牛"、"神户牛"并称日本三大牛之一。据传近江牛有四百年以上的饲养历史,自古就作为高级奢侈牛肉,为上流阶级所独爱,至今还是日本皇室(宫内厅)特供牛肉。

我这样普通收入的人与这些高级品牌牛肉当然是没有关系了。那样的料理店是看都不会去看一眼的,在超市买肉的时候,看到这样的天价牛肉也都是躲避唯恐不及,更不用说买来吃了。但是值得吹嘘的是,位居三大和牛之一、皇室特供的这种"近江牛",我却不但吃过,而且还吃过很多次,而且的而且是每次还都吃得直到肚子撑。你们更不能想象的是,那还是我当穷留学生的时候,是带着老婆孩子一家四口人吃的。

话说当年还在大阪上学时,有次有人给我介绍一个临时工作,说在京都要给国内来的画家办一个画展,要我去给当翻译。见了主办的人才知道,这是一帮日本老兵,可能是为了赎罪吧,战后一直致力于与当年驻屯过的中国地方城市交流。在交流过程中认识两个当地的国画家,他们邀请过来,举办画展,同时也现场卖一些画,因为起码得把这两个画家的盘缠搞出来。画展在一个不大的民间画廊举办。因为这些老头们的努力,当天来了不少人,但是看的多,买的少。没办法,我也不当什么翻译了(也没什么人问),见来人就给宣传,讲山水画花鸟画的特征,鼓吹这两个画家在中国多么有名,这些画多么精品等等,俨然就是一个油嘴滑舌的推销员。但是最后还是没有卖到预计的收入。我有些担心,但主办方负责的老头却说不要紧,最后要来一个有钱的,都让他买就行了。结果到下午快收摊的时候,果然来了一个身板硬朗的老头,其他老头马上都过去打招呼,有点儿前呼后拥的感觉。老头问了问画卖得如何,然后苦笑着把剩下的大部分都折价买了。有了钱,第二天我带上那两个画家还到东京去转了一圈儿。

通过这次活动,认识了这帮老头。老头们虽然以前都是当兵的,你也不知道他们当年在中国做过或没做过什么坏事,反正现在每个人都非常和善,也非常热心(可见战争多么摧残人性！）。有人当过职员退休了，更多的是自己做生意。有人办音像公司，有人开服装店，还有一个乐呵呵、看起来甚至有些老实，给另外几个聪明人跑腿的小个子头头在京都祇园开了一家小饭馆，经营涮牛肉火锅。主办的那个老头悄悄给我说，你别看他现在那样子老实巴交的，当年可是个宪兵，我们都害怕他呢。妈呀，原来电影上的那些穷凶极恶的日本宪兵，脱了那身皮年纪大了后也就是这么个老实巴交的老头啊！

老实巴交的老头给我说到京都玩的时候一定到他小店去吃涮牛肉。我当然是当做客气话，表示感谢后也就没往心里放。但不久，他却给我打电话，问我为啥没去。原来不是客气话，是真的啊！我也就没客气，有一个周末天气好，我就带上一家妻小，从大阪到京都去看了红叶，傍晚到祇园，找到了他们小店。

祇园从江户时代以来就是京都最著名的观光饮食地区，这里的很多店都有着几百年，至少上百年的历史。在祇园的小路上随时都能看到身穿华丽和服、脚穿木屐、双手在胸前抱着小包袱、脸化妆成白色、小口画成鲜红樱桃的艺伎。能在这里吃饭，对一般的日本人来说那就是成功的标志。政治家密谈、艺能人显摆、公司接待重要客户，最高的规格就是在这里的料亭吃饭。我们找到的这家店，就在这条洁净的小巷子的中间。跟周围的小店一样，一看就有着很长年头的木造两层小楼。门是木格的，门旁土黄色的墙上有一个不大的白色方灯，上边毛笔黑字写着"小梅"两字，可见这家小店名字就叫"小梅"了。推开木格子门进去，老头很高兴，大声招呼，还有一个身材矮小的老女人,双手搭在膝上,深深弯下腰,看不见脸,也打招呼说欢迎。

他们招呼我们坐下。老头说你们随便,不要拘谨,今天晚上就你们一家人,不接别的客人了。店铺很小,里边只有两张小桌子,每张桌子只能坐四个人。我们一家人占了一张,坐下后,老女人边说你们大老远来不容易,边给我们端来茶。老头介绍说这就是他老伴,当年还当过艺伎。难怪看着就有几分姿色,说话也快乐。他们老两口经营这么个小店,没有子女,下边是店铺,楼上自己住,所以比较随意,不用刻意追求赚钱。

两个老人兴致很高,跟我们喝着茶拉家常。后来老伴说,你别光顾说话了,他们玩累了,孩子们也肚子饿了,赶紧吃饭吧。然后就端来一个直径有一尺左右的红铜锅放到桌子中间的煤气炉子上,锅里是半锅清水,清水里有巴掌大一块海带。打开火烧上水后,又给我们每人都端来一个小碗,那碗沿还有一个小把便于手捏。小碗里是芝麻酱。佐料有翠绿的小葱花和粉色的萝卜泥——老头说那是萝卜泥,粉红色是因为伴着辣椒粉。然后端来一个很大的花磁盘,花磁盘上整整齐齐、平平地摆了一层极薄的牛肉,鲜红的牛肉上有很多白色的斑点和纹路。深色花磁盘整齐摆放上一层红里透白的牛肉,看着就诱人——哦,原来这就是大名鼎鼎的"霜降牛肉"!

老头介绍说这是"近江牛"。我当时只听人说过松阪牛神户牛,根本不知道还有什么近江牛,所以也没有觉得多么特别,只是觉得能吃到霜降牛肉就不容易了。等水烧开了,老头用很长的筷子夹出水里的海带,然后让我们夹上一片牛肉在开水里涮,说颜色变了就可以吃了。我们一人夹一片霜降牛肉,放到滚开的水里涮两下,牛肉的颜色很快就从鲜红色变成粉红色了。把变成粉红色的肉夹出来,放到芝麻酱里蘸一蘸,然后放进口里吃——啊呀,好软、好嫩、好香啊!原来牛肉还能这么软嫩,还能入口即化啊!我只是听说霜降牛肉软嫩,今天才真的体验到了。而且不光软嫩,还香,真香。这香与大料烧出来的猪肉香味不一样,也和孜然烤出来的牛肉羊肉香味不一样,是一种天然去雕饰的香,是一种纯粹的肉香,我找不出其他文字来形容,总之很感动。孩子们也都吃得很高兴,我们三下五除二就把一大盘吃光了。老两口可能没想到我们这么狼吞虎咽,把这么高级的牛肉像吃面片一样也不品味大口大口就吃了。老头说再来一盘吧?我虽然心里觉得可能不好,但还是说那就恭敬不如从命了。老头就再端来同样摆得整齐漂亮的一大盘。随后老太太还端来一大盘配菜。配菜是切成大段的大葱,切成大块的白菜,四个新鲜香菇,香菇头上切有十字花,另外还有四块豆腐,一把魔芋粉丝等。我们把这一盘牛肉也很快吃完,然后涮菜吃。菜也吃完后,老太太端来四小碟腌菜,四小碗晶莹的米饭,米饭上有几条一公分不到的极小的银鱼干。我们就着腌菜吃了饭,抹抹嘴,那真叫满足了。

我说这牛肉太好吃了,从来没吃过这么嫩软的牛肉。老头给我介绍说,这"近江牛"肉,是从那天那个老头的牧场直接进的。那个老头原来是他们部队的长官,现在是牧场主,开着很大的牧场,专门养近江牛。哦,原来如此!所以那老头到画廊的时候其他老头都殷勤地打招呼,所以这老头的近江牛能这么好吃。

吃完饭聊天,老太太给我们拿出她画的仕女图看。白色硬纸板上画的都是很漂亮的艺伎,笔致非常精细,颜色也极为丰富。老太太看我们喜欢,就说喜欢就送你们一张。我就在里边挑了一张最漂亮的艺伎。

从此,在大阪住的几年之间,我们好多次到那一般日本人不敢随便光顾的京都祇园,好多次饱吃一般日本人吃不起的近江牛涮锅。后来因工作关系离开大阪了。而离开大阪以后,我们家"理所当然"地就再也没吃过一次像样的和牛,也没吃过霜降牛肉,更没吃过近江牛了。

(2014.5)

二十世纪梨

　　西瓜大,一般都是切开分着吃。即使一个人吃,也得切开,没见过谁二杆子直接啃的。葡萄小,而且得吐皮吐籽,所以一般用手摘下一粒一粒吃。可是我却在吐鲁番葡萄沟大口大口吃过。那葡萄没皮儿没核儿,不用一粒一粒小里小气地吃,能直接从一大嘟噜葡萄上大口大口吃。苹果中不溜,削了皮切开分着吃行,洗干净一个人啃着吃亦可。可是跟苹果像兄弟一样大的梨却很特殊,一般人都是洗净一个人啃着吃,而不会几个人切开分着吃。是啊,人都是要"合"的,棒打鸳鸯,"分梨(分离)"多不好!

　　我的家乡不产水果,小时吃梨的回数屈指可数。到北京上学后吃梨的机会才多了。北京的鸭梨,价格不太贵,脆甜可口,大小也适中,顺手抓起一个在衣服上擦一擦就能啃着吃。

　　日本的梨品种很多,一般都挺好吃。特别是鸟取县产的一种品牌梨,叫"二十世纪梨"。"二十世纪梨"色微绿、个大、形圆、味甜、肉脆、水分多,最受市场青睐。但是好的东西都一样,价格也吓人,一般情况下我们家照例是不买的。偶尔买几个降价处理的,孩子们就很高兴。

但是在大阪住的那些年,这昂贵的"二十世纪梨"我们每年却能吃到二三十个。不过这事说起来话长。

那年我们住的房子合同到期,应该搬家。就在我们找房子最困难的时候,天降贵人,有人介绍我们认识了德永先生夫妇。他们说自己家老人原来的房子现在没人住了,地方有点偏僻,不嫌的话就给你们住吧。只要有房子住,感激不尽,怎么能嫌呢?从此我们就有了一个家,而且是一个一般人做梦都不敢想的家——带一个非常大院子的家!虽然房子只有两间,不算大,但是院子大得令人害怕。光樱花树就有四五棵,巨大的松树有十几棵,还有无数的各种花草。院子外边是小山包,小山包旁边是一个很大的集水池。可谓有山有水,风水宝地。周围的人家也都有巨大的院子,很多人家几乎看不见房子。据说这里原来是有钱人的别墅区,我们家的土地面积就有一千五百多坪,也就是四千五百多平米。后来我们有孩子了,孩子在院子花草树林里玩,吃饭的时候要大声喊。

德永先生夫妇都是牙科大夫,在大阪市中心开有两家牙科诊所,一人主持一家,这在日本就是很有钱的人了。所以他们才能毫不在乎地就把老人的别墅让我们住,不讲究什么租金。但是他们夫妇却非常简朴。特别是德永先生,除了开的车是宝马以外,其他方面甚至令你感到"穷酸"。他们自己

住的房子在别的地方,我们后来去过一次,院子并不大,房子也很旧,还没有给我们住的房子好。德永先生除上班穿西服以外,其他时间都是很简单的夹克,而且那身西服,穿了多少年好像都没有换,肩膀都有些磨损了。吃饭 点儿都不讲究,就喜欢喝一口酒。人更是和善,什么时候见你都是笑容满面的。喜欢动物,家里养着一大一小两条狗,还有两只猫。对于我们一家来说,不光是让我们住如此梦幻般的别墅,平时更是关心我们。一般人逢年过节少不了给房东表示一点什么。我们却不一样,逢年过节他们夫妇就特意开车给我们送来菜呀肉的,有时还给孩子送来时令水果。更有高兴的事。诊疗所经常有患者为了表示感谢给他们送点心,甜点他们一般是不吃的,常常就转送给我们。为此我们一个穷留学生家,却经常有百货店才销售的昂贵的高级点心。他们诊所有一个制作假牙的技工,人更憨厚老实,跟他们夫妇一干就是几十年。这个技工的老家在鸟取县，家里有"二十世纪梨"的果园，每年鲜梨下来的时候他家里人都会给我们房东送一大箱子。房东夫妇照例是吃不完的，象征性地拿几个出来，剩下的大半箱子就都送给我们了。这样一来，最买不起的我们，反倒能吃上果农直接送来的最新鲜、最好的"二十世纪梨"！

　　跟一般日本人一样，我们家也都是一个梨切开一人一牙分着吃。因为精选的二十世纪梨个头很大，圆圆的足有一个小甜瓜那么大，一个人吃确实有些多，也显得野蛮。削皮切开，一人一牙，用小叉子叉着吃多么文明！其实最大的原因还是穷酸，一人一个吃觉得太奢侈，不应该。特别是有孩子后，总觉得应该给孩子多吃，自己宁可不吃。

　　有次回国，不知怎么就说起吃梨，当听说我们是一个梨全家分着吃时，朋友既同情又惊诧："你们怎么能分梨吃呢？多不吉利！"我却很不以为然："怎么是分梨吃呢？我们明明是一个梨全家一起吃呀！"

　　算是自嘲型狡辩吧！但德永先生夫妇对我们的恩情，却是不能"分离"，也不用狡辩的。因为那都是纯真的个人感情，我相信。

(2004.6)

肯德基炸鸡

写下"肯德基"这三个字,就勾起我梅干儿般又酸又甜的记忆。比作梅干儿也许不太合适,因为我的那些记忆不光有酸有甜,还夹杂着一点儿苦涩,以致我简直就像跟肯德基结下三辈子仇似的,直至今天都在尽量回避,能不吃就不吃。事实上二十多年过去了,我吃肯德基大概也就数得过来的那么几次,而且还基本上都是人请的,不吃不好意思。自己单独或者主动带着家人进去买着吃,在我的记忆中好像一次都没有。

不吃肯德基并不是我多么正义,硬要跟美帝过不去,发誓不吃美帝的食物,事实上孩子小的时候我们时不时还是去吃麦当劳;也不是我多么爱惜自己和家人的健康,坚决不吃垃圾食物,实际上在西安我更爱吃夜市小摊子上来路不明内容可疑的烤肉;也不是不爱吃炸鸡,因为我老婆炸的鸡腿,我们都很爱吃,常常口称"赛肯德";更不是看不惯那老头的一撇小胡子和那一头银发,其实我看他老人家还觉得挺亲切,起码比我老父亲看着和善……但就是不去肯德基！有时也觉得给孩子吃一次肯德基吧,省得孩子看别人吃炸鸡眼馋。但是没走到门口,就觉得还是算了,还是去麦当劳吧。就这样,一晃孩子都上大学了,现在更没有理由去肯德基了。

结下如此深仇大恨(?),是还在大阪上学的时候。那时我和当时还是女朋友的现在的老婆都是穷留学生,打工挣的那一点钱都吃饭缴学费了,没有多余的一分钱。即使在日本已经成为便宜简便代名词的麦当劳肯德基,对我们来说也是很贵的,所以从来没进去过。那一年因为种种原因,我们觉得还是结了婚一起生活方便,也好名正言顺地互相照顾,就选中五月四号去登记。选这个日子一是未能免俗,二是觉得好记,三是那天下午正好领事馆招待留学生去会餐,我们觉得就算是给我们的婚宴了。那天早上天气不错,我骑车带着她去大阪的箕面市政府登记(我们只有一辆别人给的旧自行车)。登记的过程就不说了,反正就那么回事。窗口的人只知道法律规定只要住在日本,外国人也得遵守日本法律,就稀里糊涂按日本法律给我们登记了。其实后来我们才知道,结婚这事,市政府好像是不能接受外国人登记的。外国人结婚只能在自己国家的大使馆或领事馆办。他们稀里糊涂,我们当时也稀里糊涂,大家都稀里糊涂,结果就这么稀里糊涂登记上了。办完手续,我再带着她按原路回家。半路上正好路过一家肯德基,我看里边人也不多,就说咱们从来没进过这种店,今天我们进去吃一次,算是纪念吧。已经成了老婆的她下车来,在门口看了半晌,最后说:"还是算了吧,回去我给你下面吃!"就这样,我们俩在肯德基门口停了不到两分钟,就又骑上车回家了。

回到家,老婆给我们一人下了一碗油泼面,然后我们打开一罐啤酒,嘴里说着干杯,其实是一人一口地喝了,就算把婚结了。后来下午去领事馆参加五四青年节招待会,吃了领事馆师傅做的大菜,庆祝了一下。当然那所谓的庆祝,其实除我们两个人之外谁也不知道,不会有任何一个人给我们说一声恭喜。

没想到从那以后我们就跟肯德基结下仇了。包括后来带孩子出门,每次到了肯德基门口,犹豫一下就走了,觉得还是不进去的好。好像那里边有什么美妙的东西,进去了就会破坏似的。现在想想可能就是害怕破坏了那又酸又甜又苦的记忆。肯德基如果变成日常了,那还会有什么酸甜苦辣来回味呢?

后来有次我们回国路过北京,北京的朋友接待我们,晚上请我们吃饭,说美国肯德基现在很流行,咱们去吃肯德基吧!孩子们欢呼跳跃,我们当然也不好说坚决不去,就被他们带着去一家百货大楼上的肯德基。当时肯德基进入国内才两三年,在北京吃肯德基还属于比较与时俱进的。进到店内,红白装饰,全世界都一样,照样也是很干净的。他们给我们买了鸡柳汉堡套餐。炸鸡汉堡其实在麦当劳也吃过,但肯德基的这款汉堡可能配合了中国人的口味,比较辣,与麦当劳的不一样,吃起来更合我的口味。这是我们第一次吃肯德基,吃的却不是肯德基最传统的炸鸡腿,而是变种汉堡包。

吃肯德基传统炸鸡，还是几年后回到西安的时候。那时肯德基已经风行神州大地，西安也有很多处。我老父亲是个研究历史的，按说应该是个老夫子，很保守，很传统，对新生事物应该皱眉头吧？可是不然，很奇怪，对一切新的，特别是报纸上说好的东西，他都非常非常感兴趣，都想试试。说好了是与时俱进，说不好了就成了追时髦了。反正刚回到家，老父亲就对孩子们说："爷带俺娃去吃西餐！"孩子们听说能吃西餐，高兴得不得了。我还纳闷，西安有什么西餐呢？特别是老爷子这么个迂夫子，能知道什么西餐呢？

过了几天终于找到时间，中午我们一起出门，说到附近的超市旁边那家店吃。到了跟前，我们才知道老爷子说的西餐，其实就是肯德基——没错啊，西洋传来的吃的，应该是"西餐"啊。只不过这是广义上的西餐，不是那些文明人所谓的狭义上的西餐而已。

孩子们有些失望，但能吃肯德基也不错。进门后老爷子拿出一大把钱来，给孩子们说俺娃想吃啥买啥。孩子们说吃炸鸡，我们就买了家庭套餐什么的一桌子，总共也就花了一百来块钱。老爷子也是第一次来，他以为"西餐"那都是洋人吃的，非常昂贵，非常高大上的，不准备个把月的工资是不敢进来的，他不知道这"西餐"其实并不是那"西餐"，原来并不值多少钱，本来就是为老百姓开的。

这顿"西餐"我们吃得很开心。一是了却了老爷子一直想开洋荤、吃洋餐的心愿，二是孩子们也开了洋荤，吃了真正的肯德基炸鸡，三是我们自己也陪老人吃了饭，尽了一点孝。

看着年老的父母跟一年只能见一两次的孙子心满意足地拿着炸鸡腿开心吃，我心情特别复杂，说不上是酸是甜还是苦。

后来这个肯德基"西餐"，就成了我们带孩子回家的保留节目。每次回家，老爷子都要带着孩子们去吃"西餐"。但是随着时间的推移，老爷子腿脚也不便了，老娘身体也不适了，不好一起出门去店里吃"西餐"了。为了给老爷子开洋荤，为了尽一点廉价的孝心，我们就自己买外带的家庭套餐拿回去给老爷子吃。每次老爷子还是吃得很开心，还是边吃边赞不绝口："这西餐就是好吃！"

都好多年了，为了不捅破老爷子那淳朴的梦，我们谁也没给老爷子说这不是什么西餐，只是西洋传来的典型的垃圾食品，一种普通的炸鸡而已。

(2014.9)

SHIYU

回味集

火晶柿子

　　提起火晶柿子,好多人都知道那是陕西临潼特产。比北京鸭梨小一圈儿,略显长形,头尖,颜色黄红,似火焰。到了秋天,临潼一带比较贫瘠的田间地头川道山脚,到处都是火红的。霜打的柿树叶子是红的,柿子也是红的。如果柿子摘得晚一些,叶子都落了,只剩下满树的火红的柿子,像挂了一树的小灯笼。背靠深色的山,逆光看去,一个个晶亮晶亮,整个就是一幅画,你会叹服"火晶柿子"叫法的贴切形象。

　　但是我们北留村一带所叫的火晶柿子,并不是临潼的这种。我们那一带所谓的火晶柿子,是正圆形的,只有乒乓球大小,熟透后肉质稀软,颜色鲜红,非常喜庆。我们家有大小五六棵柿子树,最大的一棵,就是这种火晶柿子。每年都会结好多。摘柿子是小孩儿的事。我更小的时候是我哥摘,我大一点儿了就是我摘。摘柿子用长长的竹竿子,把头劈开一点儿,夹一根小棍儿,做成夹子状,一个一个夹住柿子的蒂梗拧下来。拧下来不能让柿子掉到地上,得小心翼翼收回竹

竿,取下柿子,把柿子放到身边的笼里。一大树柿子,摘完得花好几天。而且每年一定不能摘光,得剩下几个。我妈说了,得给树留几个,那叫引子,不然第二年树就不结了。真假不知,那么大的树,想摘光也不可能。得不等熟透,还有点儿硬就摘,不然太软了摘不下来,摘下来也不好保存。然后在房顶用苞谷秆做一个窝,下边铺上麦秸,把柿子都放进去,再用麦秸和苞谷秆盖起来。就这样一直到冬天,下雪以后,爬上房顶,打开包谷杆和麦秸,乒乓球大小的柿子一个个变得鲜红鲜红,拿起来太阳底下一照,晶莹透亮,只能称火晶,不会有别的叫法,软得一碰就要流蜜汁。小心翼翼拿下来,坐在热炕上,剥掉那一层蝉翼一样薄薄的,上边有些白霜的皮,露出一个颜色鲜红、蜜汁欲滴的柿子,然后只一吸,整个柿子就下肚了。滑、软、甜、冰……感动的不仅是舌尖,而是全部

身心。那一刻,是我吃不饱穿不暖的少儿期少有的幸福瞬间
之一。

有一年,我们家树上结得不多,妈不知道从哪儿还买回
来一些,放在板柜里,给我们说今年柿子不多,不能随便吃。
但是我们肚子饿得受不了,都偷着吃。趁妈不在家,掀开柜
盖,悄悄拿一个两个,还要拿得艺术,不能让妈发现。就这
样,我们度过了一个饥饿寒冷的冬天。后来才知道妈其实早
就知道我们偷着拿,故意装作不知道。本来就是给我们吃
的,但是因为少,不能放开让我们吃,才故意说不能随便吃。

火晶柿子一般都是吃软的。但是大柿子,就分软的和硬
的了。秋天市面上卖的大柿子可不是放软的,都是半熟的时
候摘下来,然后放土窖里用火熏,熏成又红又软又甜的。知
道不知道日本人和中国人吃柿子的习惯?我们中国人一般
人都喜欢吃软的(没有别的意思),但是日本人却喜欢吃硬
的,像吃苹果一样,用水果刀削了皮,切成小块大家分着吃。
水果店头某个拐角可能就放着一个筐子,里边一筐子软柿
子,标的价格便宜得令人难以置信,也没人买,因为他们没办
法吃。不能削皮,不能切成块,怎么吃呢?我们呢,偷着
笑——这不是照顾我们吗?这不正是我们想买的吗?真是
正中下怀。我们买回来,再放软一些,大冬天,跟孩子一起坐
在火炉前,用指甲剥掉那薄薄的皮,然后用嘴吸,一股甜丝丝
的蜜汁就流下肚。不是火晶柿子,一口吸不完,得吸好多口,
但是却过瘾。老婆是个连削苹果都嫌麻烦的人,但是吃软柿
子的时候却也少不了她。孩子更是喜欢得不得了,吃得变本

加厉了,到外边看见人家院子里树上的软柿子,都喊着要吃,有时候免不了顺手给孩子拽一个下来。

那棵给我们立下汗马功劳的大火晶柿子树,我到北京上学去以后,枝干慢慢干枯,后来干脆整个就枯死了。别的柿子树,也死的死,砍的砍,仅剩下一两棵。现在老屋是一个堂兄给管着,每年柿子也是他们摘了吃。最近听说这个堂兄也要盖新房搬走,以后,我们的老屋,还有院子的果树,谁来给照看呢?

(2004.6)

油泼面

陕西八大怪之一是"面条像裤带"。听了这话你肯定认为陕西人说话夸张,裤带一样的面条怎么吃?别急,如果你到陕西去,请在小吃店要一碗油泼扯面,等看到端来的面条,你就该瞠目结舌了。先是那碗之大,像洗脸盆,就令你目瞪口呆;再有那面条之多,高高冒出碗沿,你该害怕吃不

完了;再加上红油油的辣子,你可能已经满头冒汗了。你看那面条,可能比你的裤带还宽,鼓起勇气用筷子挑一下,筋道得扯不断,你肯定不知道怎么才能吃到嘴里。因为那面条不但像裤带一样宽,还像裤带一样长。就这,陕西人见了就没命了。我们北留村人的口头禅,谁发财,过上好日子了,就是过上吃"油泼面"的日子了。

油泼面我们家也经常做,只不过不是每次都和面扯面(太费事),而是用比较宽的挂面做。这习惯到了日本也没改变。经常一忙,就下一老碗宽挂面,里边随便放几根菠菜,一把豆芽。煮熟捞出来控净水,盛到碗里,给面上放一点儿葱花,一小勺干辣椒面儿,把油烧热,往辣椒面和葱花上一泼,再倒一点儿酱油,加一点儿盐,一点儿味精,如果有,再放一捏香菜,搅拌两下,一大碗油汪汪红艳艳绿莹莹令人垂涎欲滴的油泼面就成了。吃起来捞口、解馋、饱肚、耐饥。

话说有一次，两个日本朋友邀我和妻吃饭。那天我们也没有其他事，早上起来晚，吃了面包，以为到晚上五六点去吃饭也就可以了。可是到了下午三四点，肚子却饿得不行。怎么办？不能因为别人请吃饭就把自己先饿死了吧？我们商量一下，就说简单下一碗油泼面压压饥吧。然后自然而然就下了两老碗。肚子饿了，吃起来极香，三下五除二就吃完。吃完摸摸胀胀的肚子，很惬意。

吃的时候痛快，吃完也惬意，但是正所谓乐极生悲，我们的"悲"也就因此发生了。

五点多我们出门赴宴，坐车到大阪市内。那两个日本人可能也没怎么跟中国人打过交道，看样子这次也是第一次请两个外国人吃饭。那心情跟我们原来在国内请老外吃饭的心情是一样的，恨不得把心都掏出来。他们把我们请到一家很高级的中国菜馆。有中国式门楼，门楼上还雕梁画栋。进去被招呼坐下后，他们问我们要吃什么。我们用我们中国人的习惯回答说"随便，什么都行"。这两个日本人推让了半天，就像吃错了药似的，点的净是高级的，没吃过的。什么北京烤鸭、燕窝羹、鱼翅汤、清蒸鲍鱼等。我们两个乡巴佬，哪见过这阵势，心里窃喜：这下可好了，山珍海味放开吃。可是等到制作精细的山珍海味端上来，我们放开胃口刚吃没有几口，就吃不下去了。为什么？不是因为日本人做的中华料理不好吃，也不是我们不给这两个认识不久的日本人面子，而是因为肚子是饱的，没有一点儿胃口。两个日本人见我们两个吃得不积极，一个劲问是不是这里的菜不好吃，不合你们中国人的胃口,要不要再点几个别的? 我们赶紧挡住,说好吃。但是嘴上虽说好吃,筷子还是拿不起来。而最为难的是有苦难言,不好意思说自己是因为来以前吃了油泼面才没胃口了。

就这样,眼看着一大桌子只听过没吃过的精美菜点,却只能敷衍几口了事。真是后悔死了。后悔不该吃那一老碗油泼面,埋怨为什么请吃饭要定在今天,发誓以后再也不吃油泼面了。

可是人是很奇怪的,小时的味觉是很难改变的。我们家的油泼面,不但没有从此绝口,反倒发扬光大,现在连我们的孩子也肚子一饿就要吃油泼面。有时问到外边去吃馆子和在家里吃油泼面,要选那一个,两个孩子异口同声:"油泼面!"

因祸得福,还得出了一个真理:什么燕窝羹鱼翅汤鲍鱼肉,听起来吓人,其实吃起来味道也就那样儿。不是吗? 不信你先吃一老碗陕西油泼扯面再去试试。

(2004.4)

油泼辣子

　　辣子是我的命，油泼辣子是我的命根子。离了辣子我活不了，没有油泼辣子我活不舒服。不光我，我们全家都是这样。我教育孩子，有一条就是得学会吃辣子。毛主席说过："不吃辣子不是革命家"（参见《红星照耀中国》）。我们家是"不吃辣子不是何家人"。可怜我孩子，每次吃饭辣得满头冒汗，舌头伸老长，还得吃。

　　我们村在旱塬上，缺水，没有种菜的习惯。而且那时以粮为纲，生产队不种菜，自家也没有自留地，所以一年四季，基本没有菜吃。例外的是冬天到郊区去拾人家菜农不要的莲花白叶子或者硬邦邦的菜花叶子回来腌成浆水菜（一种酸菜）就饭吃。调味就一把盐，每天不是苞谷糁，就是苞谷面搅团，很单调，难下咽。刺激食欲的，就是辣子了。辣子是每餐必食的。如果没有了辣子，白哇哇的饭，看着都不香。

　　陕西人吃辣子和湖南四川人不一样，要用热油泼了吃，所以叫"油泼辣子"。但那时代油奇缺，我们一家五口人，一年也分不到一斤油。没有油，泼不成辣子，干辣面又干又呛，一点儿都不好吃。母亲有办法，用酱油拌。辣面用酱油一拌，看起来跟油泼辣子没什么两样，吃起来也少了干辣面的呛。虽然远不如真正的油泼辣子好吃，但是总比没有强。

这几年陕西"凉皮"驰名全国。吃地道的凉皮离不开地道的油泼辣子。没有油泼辣子，或者油泼辣子不地道，那"凉皮"仅仅就是一碗平淡无奇的凉面，不能叫凉皮的。调凉皮用的油泼辣子，油一定要多、汪。夹几条凉皮往一大盆油汪汪的油泼辣子里一蘸，带出一溜辣油来调，调出来的凉皮才滑溜、香辣、味美。

上世纪八十年代以后，日子好过一些了，我们家也经常吃凉皮，但是为油泼辣子父亲经常埋怨母亲，原因是母亲泼的辣子不够汪，太干。母亲穷惯了，从来没放开吃过油，到了能吃油的时代，泼辣子的时候还是舍不得用油。这个小小的家庭战争，打了十几年，直到最近母亲终于想通，放开用油，我们家的油泼辣子才终于赶上外边摊子的了，老两口也不再为油泼辣子吵架了。

我们家人特能吃辣子。每年新辣子下来的时候，母亲都要买很多，让小贩用三轮车送到家。那季节，鲜红的辣椒，挂满我们家的阳台。晒干后，母亲把干辣椒切成小段，放到铁锅里用微火焙烤出香味，然后用石臼一下一下捣成辣面。捣辣面的时候空气中辣味弥漫，非常呛。母亲都是趁左邻右舍午睡的时候，用毛巾捂住嘴，一锤一锤地捣。捣好后，分装成很多包，给在外地的我哥家和在外国的我家。

　　日本人不吃辣子。中国料理餐馆虽然也有辣油,但那里边没有辣面,不辣。我都是带母亲做的辣面来自己做油泼辣子吃。每次回国,返回日本的时候什么不带都可以,就是不能缺了母亲做的辣面。我说了的,这是我的命根子。也奇怪,日本人虽然不吃辣子,可是到我们家来做客,吃了我们家油泼辣子的都说好吃。有的人甚至还一定要我给他教怎么做油泼辣子。

　　油泼辣子实际很容易做,把辣椒面用烧热的菜油一泼,搅和搅和就成了。但是你就是完全按我说的方法做,也肯定做不出我们家这么好吃的油泼辣子。原因简单,你用的那辣面儿,不是我母亲一锤一锤捣出来的。

（2004.5）

锅　巴

　　传统的中国人很节省,什么都不扔,即使一口剩饭,一碗剩面,一块剩馍。了不起的是不仅不扔,还特会做成更好吃的:能把剩饭炒一炒做成一道炒饭,把剩面条炒一炒做成一道炒面,把剩馒头切成片炸一下做成了炸馒头片……甚至连猪尾巴、鸡爪子、鸭舌头都不扔,都能做成美味佳肴。我觉得节省的典型,就是把蒸米饭烧焦了的那一部分,也就是本来只能扔的锅巴,竟然也不扔,也给你做成"锅巴肉片"、"三鲜锅巴"、"锅巴虾仁"等大菜!

　　现在川菜用的锅巴,当然都是专门做的,大部分都是油炸的了。这不是我今天要说的锅巴。我今天要说的锅巴,是我小时候吃的那种——与做大菜的锅巴毫不沾边。

　　我小时候常吃的锅巴,仅仅就是舍不得扔的那种。这种锅巴,我们家乡话叫"锅底",因为就是熬饭最后粘在锅底的那一层。我家在少陵原上,干旱缺水,不能种水稻,没有大米,当然也就没有大米稀饭。我们知道的稀饭,用陕西话说就是"包谷糁"或米汤,其实就是用比较粗的玉米粉熬成的稀饭或金黄的小米熬成的小米粥。包谷糁子和小米都很有粘性,熬稀饭肯定要粘到铁锅底上。每次吃完饭,锅底肯定留有薄薄一层"锅底",用文明的话说就是"锅巴"。这锅底,也就是锅巴不像大米锅巴那样焦,或者那样脆。因为熬包谷糁铁锅低下烧的是麦秸,火力并不那么强,稍微用心一点一般不会烧焦(没本事的婆娘会烧糊),最后剩下的"锅底"总是软软的。把锅底上稠稠的包谷糁或小米粥刮干净,淋上油泼辣子浆水菜汁,用勺子抹平,然后一条一条刮下来。刮下来的锅底像一根一根带味道的柔软的宽面条。吃起来口感筋道,光滑柔韧,辣咸酸适中。我们小时候吃面条的机会不多,每天如果能吃到一口这个,也算是口福。

但因为是熬包谷糁时的副产物,谁家也不会像现在人那样吃饱了撑的专门把包谷糁用来做成锅底吃,所以每次就只有锅底大那么一点,全刮下来也不过一大口。所以对我们顿顿只能吃缺盐少醋的包谷糁的小孩儿来说,就显得特别贵重。因为贵重,问题也就来了——每次只有那么一大口,给谁吃?

我们一共姊妹五个,我是最小的。我们那里有一句话说"偏大的,向碎(小)的,中间夹个受罪的",意思是说大人总是偏心眼儿,多照顾大的和小的,中间的孩子总是吃亏。我妈很传统,那心眼儿应该也是比较偏的。我大姐他们都大了,已经不需要她再偏心,只有我还小,再加上她还有比较严重的重男轻女思想,相比三姐,显然就很心疼我,每有什么好吃的免不了多给我一口。照样每次洗锅刮下锅底自然也多给我吃一口。这样一来三姐就不答应了,她当然也想多吃一口。三姐只大我三岁,当时也就是上小学高年级,按现在的标准来看只能还是小孩儿。因此每次吃完早饭我们都会为谁多吃了一口锅底打闹,害得妈每次都骂我们。

三姐虽然还不大,但当时已经把她当做小大人使唤了,家里的好多事情都得让她做。有时妈忙了锅也让她洗。她就给妈谈条件,说谁洗锅谁吃锅底。所以如果某天妈忙了让她洗锅,我就惨了,她有了充分的理由和绝对的权力独占锅底,绝不愿意把锅底给我吃,哪怕只有一口。我就只能眼巴巴看着那么好吃的东西都被她吃掉。有一次妈急着上工,又让三姐洗锅。三姐得意地精心做锅底。她先把剩下的包谷糁都舀到碗里,然后把锅底刮得光溜溜,一点多余的包谷糊糊都没有,再把浆水菜碗拿来,把里边的酸辣水倒一些进去,用铲子抹平。我一直爬在炕上的绊栏上眼巴巴看着,嘴里直冒口水。我求三姐给我吃一点儿,她说不给。不但不给吃,还得意洋洋,低着头边专心做她的锅底,边故意说气我的话:

"咱妈说了,谁洗锅谁吃锅底。"

我央求说那就给一口,只给吃一口。她还是说不给:

"哼,咱妈平时都给你吃,这次就该我一个人吃了。"

她用铲子刮,一条一条地,刮下来的锅底软绵绵,滑溜溜,面条似的,馋得我的口水一个劲流。我快急哭了,求她就给尝一根。可是她连看都不看我一眼,还是专心刮,就是不给。她很得意,今天终于能一个人独占了。我爬在绊栏上,我急哭了。我哭求她只给一小口,就一小口,尝一下嘛。可她还是说

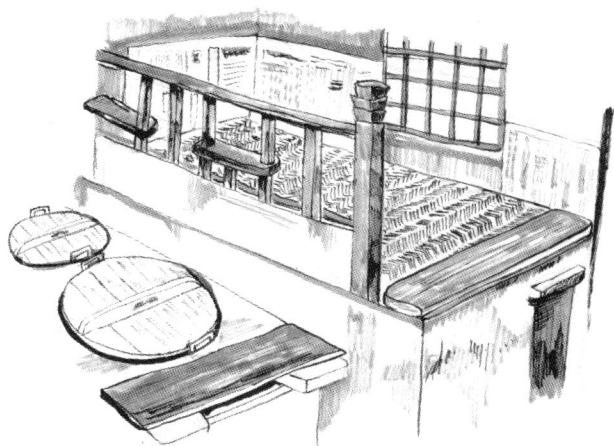

不给。眼看着她刮完，刮成一堆，就要都吃了，我一急，一口唾沫就唾了进去——哼，不给我吃，你也别吃，咱谁都别吃！

三姐打死都没有想到我会如此缺德，出此下策。她一下就急了，抬手就打，嘴里当然还骂。我哭着更往里边唾。结果我们两个打闹成一团，最后那一小堆酸辣锅底到底谁吃了现在已经记不清了。

现在想起来当然很可笑：堂堂如我，怎么能做出那种损人的事呢？我虽然不是道德君子，但也自认不是个缺德小人，可是确确实实那时就那么做了。所以直到现在，我姐他们每次有事没事还都拿这件事挤兑我，说我行迹恶劣，本性难改，害得我在她们面前永远抬不起头来。过年在家里大家开玩笑免不了提起此事，老婆听后很吃惊："你原来那么缺德啊！今后我也得小心了。"所以我最近在老婆面前也抬不起头了。

（2014.1）

浆水菜

现在城市人也爱吃酸菜了,什么酸菜鱼呀酸菜面等,都很受欢迎。以前我家楼上有一个很文明的女老师,经常买来芹菜什么的,要我母亲给她做酸菜。我当时的一个感觉就是,时代变了,浆水菜这种过去只有农民才吃的东西城市的文明人也喜欢起来了。

酸菜在我们陕西叫做浆水菜。因为酸菜其实就是把白菜芹菜什么的,开水煮熟后放进浆水里发酵做成的。浆水其实也不难,就是发酸的面汤。只是不能有油和盐,因为都会阻碍发酵。在我小时候的味觉记忆里,浆水菜的酸辣味是永恒的。一般早饭就是包谷糁,稀稀的包谷糁里下的是切成小块的红苕,就着吃的就是油泼辣子调的浆水菜。我们家常常没有菜油,干辣面子调着不好吃,母亲常用酱油拌了干辣面子,当做油泼辣子调浆水菜。酸酸辣辣的,就包谷糁下红苕正好。冬天的浆水菜是冰凉的,刚舀出来的包谷糁是烫呼呼的,正好综合了,吃了也不烫口舌。下在包谷糁里的红苕,被煮得软软的,甘甜的红苕,又减轻了浆水菜的酸辣味,构成我儿时不灭的味觉记忆。

说起浆水菜和包谷糁的味觉记忆,不能不提搅团这种食物。搅团也是陕西的一种农家饭。非常简单,就是把磨成非常细的包谷面,拌到热水锅里煮。因为害怕烧糊,所以要边煮边搅,直至烧熟,搅成稠乎乎的一团。顾名思义,就叫做搅团。但只是搅团没有任何味道,还不如包谷糁好吃,这时需要的就是浆水菜了。把浆水菜用姜葱辣椒等炒后做成臊子,浇到盛到碗里的搅团上,然后从碗边,用筷子一点一点拨下来就着浆水菜臊子吃,那味道才到位。如果你家有钱,浆水菜臊子里再放一点肉末,在我们村当时穷得叮当响的生活里,那就更是无与伦比了。搅团还有另一个吃法,就是做成鱼鱼,同样是浇上浆水菜臊子吃。做鱼鱼很简单,用一个底子编有小拇指粗圆窟窿的小竹笊,架到凉水盆上,把稠乎乎的搅团趁热舀到竹笊里,搅团从小窟窿里溜到水盆里,自然就形成了鱼鱼。我母亲做的时候,我每次的任务就是双手拿住小竹笊,母亲只管往里舀搅团。小孩其实大多喜欢吃搅团鱼鱼,大人大多喜欢吃搅团。应该还是因为鱼鱼味道容易掌握,搅团得自己一点一点拨下来吃比较麻烦吧。

吃饭的主要配角既然是浆水菜,那么每家一年四季确保浆水菜就很重要了。我们那里每家都有一个大缸,用来做浆水菜。做浆水菜的菜要求很低,只要是绿菜叶子,几乎什么都行。春天都是我们从地里挑回来的野菜,主要是米蒿蒿,麦地里长的一种繁殖力特强的野草,做出来的浆水菜软软

的,很酸;夏天秋天有红苕叶子,红苕叶子煮熟有些黏性,所以做出来的浆水菜也黏黏的。冬天主要是萝卜和白菜等。冬天因为天气原因,酸菜不容易坏,也因为没有别的蔬菜,所以浆水菜是每家必备,不能缺的。缺了包谷糁搅团就没办法吃了。

冬天腌浆水菜的菜,萝卜一般生产队种一些,每家都能分一堆,也能腌一大半缸。白菜很少种,别的更是没有。怎么办呢?我们村离西安不远,到了冬天,大人们就拉上架子车,到西安南郊的菜地里,捡人家菜农不要的白菜帮子,莲花白(圆白菜)外边的烂叶子,收了菜花后不要了的菜叶子等。一架子车能腌一大缸,差不多能吃一个冬天。而且莲花白和菜花叶子比较硬,腌的浆水菜又酸又脆,还特别好吃。

不过浆水菜最好吃的是芹菜浆水菜。米蒿蒿等野菜腌出来比较软,没有嚼头。白菜虽然也酸,但同样有些软,不脆。莲花白脆,但因为本身有甜味,所以不够酸。萝卜也脆也酸,但还是有些硬。芹菜一般公认是所有浆水菜里最好吃的,颜色黄亮亮的,又酸又脆,酸脆都恰到好处。但那时都抓粮食生产,我们那里不能种菜,所以芹菜浆水菜就成了最奢侈的浆水菜了。我们家真是偶尔有什么机会母亲买回一点儿芹菜,才能给我们做一些芹菜浆水菜。以至于后来看到我们楼上那个文明老师经常买芹菜来要母亲给她腌浆水菜,我还觉很奢侈。

浆水菜作为发酵食物,不但口感和味道好,就包谷糁搅团和小米饭等最为合适,在我们小时候,还有很多其他用途。我们家穷,经常买不起酱油和醋,母亲就经常用浆水代替醋,给我们调味。夏天太热了,喝一碗浆水水,解渴祛暑,一箭双雕。而至今还被我们家人茶余饭后谈笑的,则是三姐的浆水菜充饥法。三姐很疯,小时经常在外边跑来跑去耍,长大了就是跟朋友在外边海天海地听闲传。听晚了,回到家肚子饿,没有馍没有饭,什么吃的都没有,她就自己给自己切一碗浆水菜,调上一把盐,用开水一冲,呼噜噜吃了充饥。我们家只要有一点儿面条,重男轻女的母亲大都是给我哥和我吃了,给她留下的只有面汤和浆水菜。令人不可思议的是,在我们家几个孩子中,竟然就她吃得又胖又瓷实。

本性难改,在日本,我们自己也做浆水菜。而且我妻子做浆水菜的手艺,现在已经不输老母亲。所以我在日本,也能吃到地道的浆水菜。浆水菜就包谷糁不用说了,浆水菜面呀什么的,时不时的都做着吃。当然现在调浆水菜的就不仅仅是一把盐和油泼辣子了,我们还用肉末、葱末或蒜苗末等一起炒,炒出来的浆水菜去掉了刺鼻的酸味,吃起来更柔和,更可口,更香了。只是太奢侈、太精致了,有时难免觉得哪儿不对,难免产生一些莫名的乡愁。

(2014.4)

清汤面

　　我从小很笨，特别是劳动和运动总不如人。运动都不好意思给人说。跑也跑不动，跳也跳不高，学校开运动会的时候只能当啦啦队打彩旗给人加油，自己都觉得窝囊。劳动更是说不出口。喂猪割草这些家里的活一般也没人比，差不多还什么都能做，但在生产队跟别人一起干，一下就露馅儿了。

　　最窝囊的是夏天给生产队拾麦穗。我们那一带夏收每年都在六一儿童节前后。此时是所谓夏收、夏耕、夏种的三夏大忙季节，大人们都忙得不可开交，农村的学校当然也不能关起门来只读"圣贤书"，一般都放假两个星期左右，回家给生产队帮忙。中学生用架子车拉麦子干什么的，跟大人差不多一样，小学生只能在割过的麦地里帮忙拾麦穗。我们那一带大人割麦子动作很大，他们左手抓住高高的麦秸，右手抡起长长的木炳镰刀往下割，割掉后左腿踢着这一把往前挪一步，右手再抡一下，再往前挪一步，如此五六下，脚下就能割下一大堆麦子。停下抽出一把麦子分成两把，把麦穗两头只一扭,就成了一条长长的草绳,然后把脚下的那一堆麦子反过来一捆就行了。捆好的放到身后,再继续往前割,非常潇洒。特别是那些男劳力,动作又大又快,哗啦哗啦的节奏分明,看着就舒服。潇洒是潇洒,但这种割法有个大问题,技术稍微不好,或者有倒伏的麦子的话,就会有很多麦穗掉到地里。我们的任务,就是把这些掉到地里的麦穗拾起来。割过的麦茬足有十公分左右高,镰刀斜割上来的麦茬像箭头一样锋利,稍不小心就会把穿着麻鞋的脚扎烂。麦穗都掉在麦茬里边,只能小心翼翼躲过麦茬拾,也是稍不注意就会把手扎烂。总之行走也得小心,拾麦穗的时候更得小心,快不了。

而且天气炎热,拾不了几穗就满头大汗,脸上眼上都是水,不由抬手就擦。这一擦可不得了,手擦过的地方马上痒痒起来,难以忍耐。小孩都知道麦穗上的麦芒是最痒的,拾麦穗的手不敢随便摸哪儿。可是我没出息,一出汗不由抬手就擦,擦了就痒,痒了要挠,挠了更痒,恶性循环,咋能拾呢?可是你看其他小孩,包括那些比自己小的,都手脚麻利地拼命拾,简直就像感觉不到热,也不知道痒,更不害怕扎似的。因为拾回去要秤重量,按重量记工分。而我最丢人的时候也就是放工后回到生产队打麦场,会计员称重的时候。众目睽睽,我笼里那一点麦穗,能记多少工分?

又热又累又困又丢人,大中午回到家,虽然饿得要死,却什么都不想吃。这时妈做的清汤面就成了最好的午饭了。清汤面顾名思义,就是一碗清汤里边下些面条,似乎没有什么好吃的,也没什么好说的。但我妈做的清汤面却不然。我们北留村一直都是早上起来先干活和上学,放工放学后八九点吃早饭,然后再干活和上学,中午饭是一两点吃。如果中午要做清汤面,吃早饭的时候,妈就会叫我去摘几片花椒叶子拿回来洗净,放到一个大盆里,吃完饭后,妈会烧一大锅开水,倒进有花椒叶子的大盆里烫一下,然后就割麦的割麦,拾麦穗的拾麦穗去了。中午回来,我们都累得不想动,妈却三下两下就擀出一大案板面来。切成一公分宽,四五公分长,我们叫做"碎面"后,下到开水锅里煮。在闷热的锅台下用麦秸烧锅的自然是三个姐们的事(我有时也烧)。面条煮熟后捞出来用凉水冰凉,然后捞到吃完早饭做的那一大盆花椒叶水里。煮面的同时,妈会切一点葱花,给铁勺里倒几滴油,把葱花放到铁勺里,然后让烧锅的姐小心地伸进锅台下的火里烧一烧,我们叫"焆菜",因为太少,不能叫炒菜的。葱花焆好也放到那一大盆汤面里，再用盐酱油醋把味道调好，就能吃了。吃的时候当然少不了再调一些油泼辣子。清凉的宽汤，透出一股诱人的花椒叶的清香，还有葱花的葱油香，面吃到嘴里筋道滑溜，汤喝到口里清凉爽口，我们一人一老碗，吃得贼香，早忘了累呀困呀的，吃完了赶紧再来一碗。

这一口清汤面，妈每年夏天都会做。后来进城后，每到夏天大家都没胃口的时候，妈也做给我们吃。落实知识分子政策后师范大学像我们家这样从农村转到城市的家属很多，很多人忘不了家乡的味道，有些人就在自家前门后院种菜种花，有人种很多花椒树，所以花椒叶子不成问题。但后来我到日本后吃这一口清汤面就成问题了——找遍日本，没有花椒树！不是没有花椒树，是日本的花椒树跟咱们的花椒树不一样，他们的是山椒，叶子很小很密，味儿有些麻，还有些发酸，花椒也小，颜色也不太红（日本人更喜欢吃绿花椒）。总之我一直在找，就是没找到家乡的花椒树，没找到那种味儿。如此一来，夏天开胃的那一口清汤面，在日本对我来说就成了奢望了。

为了在日本的夏天也能吃到开胃爽口的清汤面，我们把从国内带来的花椒种了很多，可是不知道是水土不服还是什么原因，反正死活就是种不出来。几年下来，我也灰心了。但是事情就是这么巧，竟然无意间发现了，而且就在我们附近的山里。

那年暑假孩子复习准备考试，我们夫妇两人周日没事干，在家也影响孩子学习，就开车到附近的山里去爬山乘凉。

我们这里周围都是小山包,满山都是郁郁葱葱的森林。我们随便到一个山口,弃车徒步往山里走。一路看草看树,不知不觉爬到半山,到了山路的尽头,却是一个小小的寺庙。说寺庙,其实并没有和尚,木门轻掩。我们拉开小门,里边供着一尊菩萨,菩萨前边照例有香炉木鱼经书功德箱那一套,这不稀奇,稀奇的是墙上窗子上贴满了纸条,一看都是来还愿的,说自己求什么什么愿如愿以偿了等等。我们还看到好几张都写着考上了如意的大学什么的。这好啊,正好咱孩子要考学,咱也许个愿吧。我们就合掌作揖,装模作样了一番。然后再往里走,里边是一个不太大的瀑布,有清冽的山泉哗啦啦流下来。山泉这里写着这是"胜水",日语的意思就是这水就能助你获"胜",能给你带来好运。好啊,咱也带一瓶回去给孩子,考大学不就能胜了吗?正好有喝完水的塑料瓶,我们两个半开玩笑半认真的,当然也是很虔诚地装了两瓶水。小瀑布边很清凉,我们说才找到乘凉的好地方了,就多待了一会儿。凉快了,往回走,这次从寺庙小房子后边的小路往下走,正走着,我突然叫起来"哎,这不是花椒树吗?"妻一听,回头一看,也睁大了眼睛"就是啊!"真没想到这小山路边有一棵中国的花椒树!为了不搞错,我们端详了又端详,摘下叶子闻了又闻,没错,就是这味道,没有日本花椒的那种酸味,是一股我们熟悉而久违的纯正的清香!

这是山里的野树,摘几片叶子应该没有问题吧。我们摘了几片翠绿的花椒叶回家,心里充实极了。回到家,先把"胜水"洒到了家周围,希望给我们孩子带来好运。然后就按妈的做法，做了一次正宗的清汤面，在异乡闷热的夏日，满足了一下思乡的情结，清爽了一下被肉食油腻的味觉。

后来孩子考试顺利过关，我们开玩笑给他说那都是那次"胜水"带来的好运，那"胜水"就是你的"圣水"。而我们现在想吃清汤面了，就到那小山寺去拜拜佛，报告一下孩子考上大学，算是还愿，然后顺便再摘几片纯正的中国花椒叶子。但有次秋天去，顺便摘了花椒叶子回来做清汤面吃，却没有吃到夏天的那种感觉，觉得太清淡。

是的，真正的清汤面是炎热的夏天，又热又累又困，没有食欲的时候吃的，吃的正是那一口清淡和爽口，而其他时候吃，反倒会觉得清汤寡水，缺盐少味。世上有无数的美味佳肴，其他时候还是留给其他山珍海味，不要勉强，不要浪费食欲吧。

(2014.10)

面条菜

现在的日本大学很开放，或者说很国际化。很多来自世界各地的留学生这不用说，老师们其实也是多国籍的。比如我们学校，就有三四十个外国籍老师。这种外国籍老师跟咱国内大学那种短期外教不一样，是正式的，终身雇用的，跟一般日本老师的身份完全一样。既然身份一样，工作当然也就一样。要上课，要科研，要参与职称评审，还要负责学校一些行政性工作。我曾经就负责过两年全校教师教育能力开发（Faculty Development）工作。这几年又因为是一个外国籍（中国籍）的老师，算是活用人才资源吧，我又被安排给国际交流部门帮忙，协助他们与中国的大学进行交流。因为这层关系，这些年因公访问国内大学的机会就很多。两年前有一次跟我们主管国际交流的副校长一起访问山东的一家大学。这家大学是山东最有名的大学，跟我们学校有三十年的交流关系。我们是这家大学最早的一家海外交流校，他们也是我们大学最早的一家海外交流校。当时国际交流少，老师们出国的机会几乎没有,所以我们两校的交流,给当时这家大学的老师们带来了很多机会。现在这家大学教学科研的中坚力量,很多人都曾在我们大学学习过。连前任校长当年都在我们学校进修过一年。所以我们也算是老交情了。

既然老交情的学校有人来访问,再加上我个人跟这家大学的几个老师也有一些研究交流关系,所以他们的接待很热情,规格也比较高。晚宴被安排到大明湖畔的一家富丽堂皇的饭店,不大的单间能看见迷人的湖光水色。饭菜很丰富,谈笑也风生,推杯又换盏,真能体会到齐鲁之乡热情好客的那种气氛。正吃喝谈笑间,服务员端来一个小笼屉放到桌上,介绍说"面条菜"。我是不看不要紧,一看不得了:"啊,这不是麦皮儿吗?"小笼屉里有一些绿绿的柳叶状小菜叶,菜叶上有面粉,是面条菜蒸饭。大家很惊奇我对这么一道不经意的野菜感兴趣。他们问我是不是知道这种野菜。我说岂止知道,这可是我苦苦找了二十多年,以为已经绝种了的野菜啊!

面条菜在我们北留村叫"麦皮儿"菜,是我们北留村人(阴历)二三月青黄不接时期的救命菜,也是极普通的一种野菜。从过完年开春起一直到麦子拔节为止,我们小孩放完学不是玩耍,而是每个人都要拿上一个担笼(直径一尺多的笼)到麦地去挑野菜。这时期野草野菜大都跟麦苗一起长在麦地里。我们到麦地里低着头,手里拿着小铲子,一直挑到天黑回家。运气好,找到一块草多的麦地,连草带菜就能挑一大笼,妈就很高兴。拿回家先倒在地上把草和菜分拣。傍晚的院子,光线昏暗,从笼里倒到地上的有刺芥、麦皮儿、胖瓜蒌、米蒿蒿等。刺芥有刺,很好辨认,米蒿蒿叶子极小,也一眼就能看出来,只有麦皮儿和胖瓜蒌难分。样子非常像,只是一个叶片薄,叶片表面有些涩,长有一层细密的茸毛,而另一个正好相反,叶片比较厚,表面比较光滑,比较"胖"。这些草里边只有麦皮儿和米蒿蒿能吃,刺芥一般不吃,胖瓜蒌更是苦的,绝对不能吃,都只能喂猪,是这时期猪最爱吃的青草。长得比较大的麦皮儿和胖瓜蒌还好分辨,但比较小就很难分辨了。有时难免有一两棵胖瓜蒌混进麦皮儿里,吃到嘴里苦得要吐出来。

麦皮儿我们一般都是下到汤面里吃。我们家的汤面,一般就是一碗清汤里有数得出来的那几根面条,调一颗盐,有的话再调上一筷头辣子,下一些浆水菜。只有这时候的汤面比较豪华,除了那几根白色的面条,清汤里还会有绿莹莹的麦皮儿。麦皮儿叶片有些涩,吃到嘴里也有些涩,不是那种滑溜溜的感觉,而我就最喜欢这涩劲,或者叫涩感。麦皮儿的味道很正,除了青菜味以外,甚至有一丝甜味,虽然因为是野菜,照例有野味,但又没有某些野菜的那种一入口就能感觉到的异味。

如果我挑回的麦皮儿多,妈还会做麦皮儿蒸饭给我们吃。所谓麦皮儿蒸饭就是在洗净的麦皮儿上撒一些干面粉,然后放到笼屉上蒸熟的食物。如果有条件,还可以给盛到碗里的麦皮儿蒸饭上放一点儿干辣面,然后热一些油泼上去,再调上盐呀什么的吃,口感嫩嫩的,更好吃。麦皮儿更多的时候,妈还会跟米蒿蒿一起做成浆水菜慢慢吃。但我最喜欢吃的,还是下到汤面里的麦皮儿。我觉得最好吃的野菜,其实也是下到汤面里的麦皮儿。小时候偷着看小说《苦菜花》就不明白,满地都是麦皮儿这么好吃的野菜,为啥一定要吃苦菜呢?

在北留村生活的那些年,每年的阴历二三月都是吃着麦皮儿度日的。后来到城里上学了,特别是到北京上学后,几乎就没吃过了。暑假回去没有,寒假回去几天,麦皮儿还没长大,自己也没有时间到地里去找。当时也年轻,城里新鲜事情那么多,吃上吃不上麦皮儿什么的根本就没太在意。

等我到日本后,有一年春天吃面条的时候突然想起麦皮儿,当时就想碗里如果能有绿莹莹口感涩涩的麦皮儿,那多好。可是日本人种水稻,连麦子都很少种,怎么可能会有麦皮儿呢?虽然从此我就注意看哪儿有没有,但果然在日本从来没有找到过。

令我更失望或者说绝望的是我过年回国看望父母的时候,问跟农村有联系的三个姐们,她们却说麦皮儿早都没有了。现在大家都买种子公司的种子,野草本来不多,过去有的很多野菜也都没了,村里人也都多少年没见过麦皮儿了。开始我还不太相信,觉得那么普通的野菜,怎么可能说没有了就没有了呢?以后每年回家都问,但是每次得到的回答都是一样的。后来有时间我自己还到冬天的麦地里去找过,也压根儿就没找到。看来真是绝种了,我今生今世要想再吃麦皮儿可能不容易了!

我万万没想到,就在我慢慢已经绝望,已经不再刻意打听了的时候,竟然在这豪华的宴会上,看到了自己苦寻(说过分了!)二十多年的最爱。大家听后也很兴奋。他们点这么一份野菜,本来只是想在奢华菜肴中换个口味而已。他们没想到这道菜却成了客人最为感动的。他们马上让服务员从厨房要来几棵新鲜面条菜给我看,要我确认是不是真的就是自己找了二十多年的麦皮儿。我看着白色小碟子里几棵一寸多长,绿莹莹的,嫩叶上长有一层毛茸茸的麦皮儿,感动得嘴里一个劲儿的只是说"就是这,就是这"。然后赶紧拿出照相机反复照。他们给我介绍说在山东,这叫面条菜,现在市场上就有卖的。我问有没有种子。他们马上打听,当时也没打听出个所以然来。好客的山东人给我说,你放心,一定给你找到。

    他们没有食言,几个月后我再次访问的时候就给我买到了。给我买种子的这位老师在学校举足轻重,是一个典型的山东好汉,非常豪爽好客,他竟然让学生给我买来足足一斤面条菜种子。我一看妈呀,你让我当面条菜农啊?他豪放一笑:你从飞机上撒下去,让全山口市都长上咱们的面条菜嘛。

    我当然不能那样做了。有福同享,我回西安给几个姐家分了一大半,让她们回北留村分给大家种,让我的家乡父老也吃上麦皮儿菜。我自己带了一小半到日本,让老婆种到我们家巴掌大的小院子里,到了第二年春天,果然长出来了绿莹莹毛茸茸的麦皮儿!我拔下来,洗净下到汤面里,做出来一吃,时隔二十多年,还是一样的滋味,还是一样的口感!软软涩涩的,纯正的青菜味背后暗藏着一丝甜味,是野味但没异味,就是我最喜欢的那种味。

我后来每次去山东那家学校,热情的主人都会特意点一道面条菜给我,而且一定要我多吃。可是他们的那种吃法并不是我最喜欢的,我每次只能礼貌地吃一些。遗憾的是我姐他们在北留村竟然没种出来,回到国内其实也吃不到我最爱的麦皮儿汤面。而更让我不知说什么好的是,我们北留村现在的年轻人,基本上都没见过麦皮儿,也不知道麦皮儿的味道了。

(2014.10)

稠　酒

　　唐朝人爱喝酒，宋朝人爱喝茶。有人说唐诗是酒灌出来的，宋词是茶泡出来的，有一定道理。宋人喝茶这里先不说了，就说唐人饮酒吧，有人每天光喝酒就要花掉上万，喝起酒来就像"长鲸吸百川"；有人上朝见天子以前还要喝三斗酒，恨不得就住到酒泉去；有人本来口吃说话笨嘴笨舌，可是只要喝上五斗酒，就"高谈阔论惊四筵"；还有我们熟知的那位天才诗人李白，喝一斗酒就能做诗百篇（杜甫《饮中八仙》）；李白也说自己是"百年三万六千日，一日须倾三百杯"。我的妈呀，这么能喝？这唐人喝酒的量也太邪乎了！喝这么多酒要花多少钱，要多大酒量，还要多大肚子？光看这语气，简直就跟当年泡沫经济时的日本一样，号称随便从怀里掏几个钱就能把美国买下来。

　　虽然我也是个学文出身的人，知道"诗"是有夸张的，那么写也是一种修辞，不能单纯相信。但以我不会喝酒的小人之心，无论如何是度不了那些君子之腹的——直到某天知道李白他们喝的那酒不是今天的白酒或红酒，而只是西安街上卖的那些稠酒之类为止。如果只是稠酒，铆着劲喝的话就算不能喝酒的我一天喝上几斗也不是不可能。况且因为酒精度太低，所以要喝醉，要喝出那种飘飘然的感觉，一杯两杯肯定是不行的。

因为稠酒与白酒不一样我知道。白酒在我们那里叫"烧酒"，别的家男人都喝。家境比较好，或者老婆比较贤惠的会打发孩子拿酒瓶子到合作社去，跟打酱油一样打上一斤半斤的回来慢慢喝。家境一般的没有钱打那么多，或者老婆厉害不让在家喝，就只能自己去合作社买一两二两喝。合作社的大黑酒缸就在食品柜台的拐角放着，上边盖着一个纱布袋子。有男人掏出二毛钱来买，一脸凶相的合作社的女售货员照例凶着脸（我从来没见她笑过），懒洋洋地老大不情愿地提开那个脏乎乎的纱布袋，用一个小提壶伸进去再提上来，倒进一个不大的白瓷碗里，给那男人。男人接过来，就那么靠

在柜台上，一口两口慢慢喝，什么下酒的东西也没有。慢慢喝完，咂咂嘴，放下碗就回去了。

我父亲不喝酒，母亲更是不准我们小孩喝，我们家也没钱，所以这景象在我们家都没有。在我的记忆中我们家好像从来没有白酒。但也不是酒跟我们就一点儿缘分都没有，我们就完全不喝酒。我们也喝酒，只不过喝的不是那种烈性烧酒，而是稠酒，是自家做的稠酒。逢年过节，母亲每次都要做稠酒。一是招待客人，无酒不成席，待客总不能没有酒喝；二是给我们也尝尝甜味——稠酒一般都是甜的。我们那一带做稠酒的原料是小麦，我们旱塬上只有小麦和包谷。妈把小麦粒煮熟，然后放进一个半大不小的缸里，再给里边放一些酒曲，盖上盖子，然后就是等了。我们总是等不及，每天都要揭开看看。妈就骂我们，说弄脏了就发酸，就不甜了。我们实在馋得不行了，妈就用勺子挖出来一点，放到碗里，用开水冲开，再放一点儿糖精给我们喝。过年前后天气太冷，农村家里没有暖气，我们家连炉子都生不起，家里家外一样冷。这时喝的那一碗暖暖甜甜的稠酒，真是暖到心里去了。虽然叫稠酒，但是酒精度几乎没有，只有隐隐约约一点儿酒味。喝掉稠酒，碗底下会剩下发酵后的麦粒。这麦粒也很好吃，软软甜甜的，还有一些粘，应该是面筋的嚼头吧。

我们那里红白喜事或过年过节待客的酒席上，一般都有一道菜，叫"甜饭"，其实就是一般说的"八宝饭"。糯米加上红枣什么的，放到碗里蒸熟备用。吃的时候再蒸一下加热，然后扣到盘子里端上桌就成了。但是这糯米甜饭比较干，一般都是给上边浇一些稠酒然后搅匀再吃。我坐席除过吃肉以外,最喜欢最期待的其实就是这一口甜饭了。稀糊糊甜兮兮的,味道非常好。如果是讲究人家的席面,这甜饭里再放一些花生米、核桃仁、青红丝之类的,那就更美妙了。

话扯远了,我们还是继续说稠酒。日本也有稠酒卖,一般叫“甘酒”,当然都是糯米或大米做的,跟我们国内常喝的醪糟很像,白浊的醪糟里还能看到米粒。这本来是一种很常见的饮品,或者说“自古以来”(“自古”是什么时候不知道)就有,一般超市里都有,老人常喝,但年轻人却不太光顾。与年轻人不太光顾不太知道也许有关,最近随韩流进入日本的一种韩国酒卖得很好。其实就是甘酒,只不过把米粒打碎了,白浊的颜色,更像西安的稠酒。年轻人喜欢时髦新鲜,他们把这种瓶装或罐装的稠酒当做新鲜时髦的低度酒喝得不亦乐乎,岂不知跟超市的“甘酒”差不多,只不过是酒精度数稍微高一些而已。

想当年李白杜甫他们喝酒作诗风流倜傥的地方,其实就是当时世界上最大的国际大都会长安,也就是我们现在的西安。而西安现在还在卖的黄桂稠酒,想必源流就是李白他们喝的那种酒吧。据说有黄桂味道,为古城西安特产。只是我有次兴致勃勃买来喝,也不知是我运气不好,还是本来变味了,反正颜色淡如白水,味道同饮泔水了。与我妈做的稠酒比,何止天壤之别?我当时的直感就是,李白如果喝了这样的酒,发出来的绝对不会是诗兴,只能是扫兴了。

(2014.5)

饺 子

虽说我生在北方，长在北方，但是小时候能吃面粉的日子却不多。饺子本来是我们那一带的家常便饭，然而对于我们家来说却是一年只有一次的隆重的仪式。我们家只有大年初一早上才吃一次。

我们家年初一早上的饺子都是萝卜馅儿的。别的菜太贵吃不起。妈把萝卜切成块，用水煮过后，再剁碎，象征性地掺一点儿肉末，调和调和就算是馅儿了。就这，每次我们兄弟姐妹都吃得贼香，你吃得多我吃得少，争呀抢呀的，没完没了。

后来日子好过一些后，饺子真的成了家常便饭，我们家的饺子也就进化了。馅儿的种类变化丰富不说，最惊人的是量。隔壁家四口人吃饺子，只一碗馅儿，而我们家却得一大盆子。我们包的每个饺子都圆滚滚的，皮薄馅足，硕大无比。每个人也都尽情吃，吃得大腹便便，仿佛要把前几十年的都吃回来似的。吃饱后拍着肚皮自嘲云：如果我们家开店卖饺子，非亏本不可。

　　我刚工作那阵，教的日本学生里有一个叫伊藤的小伙子，家境比较好，虽然年龄比我还大几岁，但一直上学，没有工作。他对中国古典特别感兴趣，特别是三国水浒这些英雄故事，还有三言二拍那些白话小说。因为年龄相仿，那时学生也少，我工作也不多，所以我们经常一起玩儿。我家就在学校旁边，他们几个留学生也就经常到我家吃饭聊天。

　　有次家里人都外出，我邀包括伊藤在内的几个留学生一起来我家包饺子。我们买了好多韭菜。他们负责洗菜切菜，我负责调味和包。我包的当然是我们家的肥大的饺子。四个人，一共包了二百多个。

　　煮好后开始吃，这几个人跟三辈子没吃饭似的狼吞虎咽，不一会儿有两个就不行了。但是伊藤却面不改色心不跳，还是一个劲儿吃。问吃多少了，说快五十了。敢情一开始就数着呢！我就再煮一锅。我们三个人看他一个人吃。

一会儿吃到七十。我开玩笑，说既然吃这么多了，就往一百去，凑个整数。没想到这人老实，真的就往一百吃。吃到八十，看着实在是不行了，速度也慢下来，但是并不停下筷子。我们就笑着鼓励。他一个一个地，艰难地吃。

到九十个，那样子已经很苦了，但他还是不放下筷子。他吃一个停一下，歇一口气再吃一个。就这样，终于吃到一百个。看他吃到一百个，我随口开玩笑说："到一百了，你不是喜欢水浒吗，干脆来一个一百单八将。"他咧嘴笑一下，又吃开了。最后真的吃了一百零八个。

放下筷子不得了了，他两眼发直，嘴唇发青，连话都不能说，我们的欢呼也没有反应，挺着肚子，不能弯腰，我把他扶到我房间，他直接就仰卧到我床上，然后就一动不动了。我当时年轻胆大，根本没当回事，还扔下他带着别的学生一起到附近的植物园去转了一趟。回来伊藤还躺着，还是一动不动。一会儿我母亲回来，看了后大骂我一顿，说我没轻没重，如果把这个日本人吃出毛病来了，怎么担当？经母亲这么一

说,我才意识到事情的严重性。是呀,当时外国人到一般中国人家里去这个行为本身就是违反规定的,万一出了事,那还了得?我吓得出了一身冷汗。

还好,睡了几个小时,到吃晚饭的时候他就没事了。他没事,也救了我。但是这件事后来很长时间都令我每次想起来就出冷汗。

按说吃成那样,伊藤也该腻味饺子了吧?其实不然,他仍然经常到我们家去吃饺子,而且每次都吃得很多,虽然不再逞能吃一百零八个。他回日本的时候还要我给他买五香粉等材料,说回去要自己做。后来我也到了日本,他拿来自己打印的"何家水饺制作法"给我看,说他自己做过多次却没有在我家吃的香——那当然!

他邀我到他们家去一起包饺子吃。他母亲人特别好,邀好多朋友来一起聚餐。然后把那些人集中起来在他们家给我办一个汉语教室。这对刚到日本的我来说,是多么贵重的支援!跟伊藤的友情虽然不光是吃喝,但是饺子在其中扮演了一个重要的角色却是不争的事实。

(2004.7)

饼　干

　　现在有句话说"有什么都不能有病,没什么都不能没钱",这岂止是现在呢? 不太遥远的过去,何尝不是这样呢? 当年我们村的人生病,有几个人能去得起医院? 头疼脑热,都是民间疗法。我小时候感冒发烧时,虽然也喝过药,知道那药面子是极苦的,但最多的却是"挑",其实就是放血。眉间、脑门、太阳穴、脖子后边几个穴位,先用双手的大拇指和二拇四个指头指使劲挤,挤出一个黑疙瘩了,再用缝衣服的针挑一下,挑一个小针眼,把里边的黑血全部挤出来,很怪,第二天基本就好了。我母亲人麻利,本事也大,干什么都不会落到人后边,唯独给我们"挑"的时候,不知道是不是心疼我们下不了手,反正老说自己手没劲,要我们院子的大妈"挑"。大妈干瘦干瘦的,平时老拉着脸,很少笑,看着都害怕,这样的时候下手就更觉得狠,三下两下就能挤出来一个黑疙瘩。下手狠,那疼劲儿你也就可以想象,每次我都疼得像杀猪似的又哭又嚎,嘴里大骂"X你妈! X你妈!"大妈边狠狠地挤边说:"叫你个崽娃子嚷,给你治病呢!"母亲使劲按住我劝:"俺娃乖,不敢嚷。再嚷大妈就不给俺娃挑了!"就这样一直到挑完,额头上脖子上留下很多黑血印。那时农村经常能看到谁眉间和额头上有挑过的黑印子。

如果高烧不退,母亲还有一个办法,就是用葱姜蒜和油泼辣子做一碗又热又辣又烫的"调和汤"给我喝;再烧一段葱,往脚心使劲搓一搓,然后让我躺倒炕上,用被子捂严实,连头都捂住。捂不了多长时间就会全身大汗,闷热难耐。但是母亲不让揭开被子,要让出大汗,说出的汗越多越好。实在受不了了,母亲就从脚开始,一点儿一点儿,慢慢地给我揭开被子。这也很神奇,马上就觉得轻松许多,常常第二天就没事了。

这些招都使完了也好不了的时候,就只能"叫魂"了。有一次我病重得厉害,妈肯定是实在没招了,晚上跟对门的三妈一起,打一盏小油灯,带上我,先到街道上蹲下,在地上空手抓一把,嘴里说着"晓毅～～回来!",把抓住的什么往我身上一放,然后带着我往回走一步,蹲下再抓一把,再说"晓毅～～回来!",再放我身上,就这样一路叫回家。这一招应该很灵验吧,反正我的魂直到今天还在我的身上。

生病的时候最懊悔的其实不是病本身。感冒发烧当然很难受,浑身无力,头昏脑涨,不能玩,也不能上学。这没办法,只能熬,把病熬好了,就没事了。生病的时候最懊悔的其实是吃的。生病的时候妈总会拿出一个不知在身上装了多长时间,揉得糖纸已经取不下来的水果糖,或者还会拿出一个点心,两块饼干什么的来给我吃。有时候还不知从哪儿搞一小碗白面粉，在锅里烙一个巴掌大薄得像瓦楞纸那么厚的锅盔，我们把那叫做"干饼"，切成小块，放着给我吃。"干饼"不是发面，妈烙出来的干饼又薄又脆（不是酥），平时吃的话不亚于商店里卖的饼干。可是悲剧就在这里，生病后难受，一点儿食欲都没有，什么山珍海味（当然没有！）放到眼前就是不想吃。平时只有蒸红苕吃，白面锅盔是很少见到的；水果糖平时也吃不到，饼干平时更是连见都很少见到。可是好不容易因为生病了妈弄来给吃，却一点儿都不想吃。病一好，刚想吃了，这些就都不见了——我最懊悔的其实就在这里。

还有比这更懊悔的。生病了妈给那些好吃的，自己没有食欲，吃不了，就放在炕头。这时平时总欺负我的哥呀姐呀的都不欺负我了，好像一下都变成大好人了，都很关心我。特别是我哥，总会嬉皮笑脸地给我说"我给你拿饼干咬个月亮"，或者说"我最会咬马了，给你咬个马"。我朦朦胧胧，就让他用饼干或者干饼锅盔咬马看。他高兴地拿起饼干就咬着吃,咬出一个怪怪的东西。等我病好一点儿想吃了,却发现咬成马的饼干小多了,大半都被他吃了。我也很笨,都到很大了,才明白他们那时突然对我好,不欺负我了,要给我咬马,其实并不是关心我,都是想沾光吃妈给我的饼干和干饼。所以直到现在每每想起,我还懊悔不已。

我这么愚笨,不知和小时候生的一场大病是否有关。还在上小学以前,有一次据说也是感冒发烧(那时一说生病就是感冒发烧,别的病可能都不知道),高烧一直不退,也"挑"了,也给我喝了"调和汤"了,也叫魂了,就是不好。最后只能连夜用架子车拉到引镇医院去。到了医院,马上就住院打吊针。我朦朦胧胧只记得针是扎在脚面上和脑门上的,好像是因为我手乱抓。总之几天后才退烧出院,出院后家里人就说我比以前傻了。这道理我比较相信。我们队有一个比我大两三岁的娃,外号叫"猴",不仅是因为他长得又黑又瘦,一副"猴"样,最大的理由是因为他爬树比谁都快,比谁都高,真像个猴一样。但是他在我生病的前后也生了一场大病,病好后就不会爬树了。他生病后都不会爬树了,那我大病后比以前傻一些大概也是正常的。

这场病大概把我的"大智"都消耗掉了,只给我剩下了一点儿"小聪明",让我连我哥他们咬马哄我,吃我的饼干和干饼我都好多年后才明白。说实话我后来的这几十年人生,基本上就是靠这仅剩下的一点儿"小聪明"混过来的,不然我……

(2014.11)

猪　肉

　　我常常感叹"经济基础决定上层建筑"这话没错。就说
这穿衣服吧,以前我们贫穷时,"新三年旧三年缝缝补补再三
年"是常事,衣服上有点烂了的地方,马上就得缝补上,不然
让人看见了笑话。衣服当然也是崭新的最好了,我小时候希
望过年就是想穿新衣服。可是现在却不同,明明新衣服,却
要在出厂前先用碎石头洗旧洗烂,还美其名曰"石洗"。最近
甚至还有故意用刀子划上烂口子的。这要在当年看,简直就
是穷到家了,要被人笑话死。可是今天谁如果穿一件让人看
出是崭新的衣服,那才要被人笑话死,或者出门走一圈自己
先羞死。要说人和人打交道也要讲究门当户对。穷人跟富
人打交道,双方都觉得别扭。富人好好招待你吧,害怕被你
骂显摆,不好好招待吧,又要被你骂瞧不起自己。穷人也一
样,把自己心肝都掏出来交给富人了,那一点礼物在富人看
来简直还不如昨天扔到垃圾箱的东西值钱,可是不送礼空手
见人,也怕富人说自己是来沾光。男女之间其实也一样,电

影小说上常有一些惊天动地的贫富悬殊爱情故事,但那真只能是小说电影上感动人的,现实中你找一个门不当户不对的对象试试,打起交道来累死你没人负责。

说到吃的也一样。我们小时候经常听老人忆苦思甜,说旧社会地主多么可恶,自己吃白米白面,却给长工吃野菜粗粮。我们当时听了也觉得地主确实可恶,因为当时的我们也很少吃过白米白面,每天连吃糠咽菜都吃不饱。但如果你要给今天的小孩子说,他们还不骂你:"吃野菜粗粮,对身体好,健康啊!地主对长工真不赖!"你瞧,这都什么话呀。

猪肉也一样,现在的人都挑着瘦肉吃,在我这个土老帽看,那真都是吃饱了撑的。以前买猪肉都想买膘肥的,买回去想多炒出一些油分来。那时的中国人一年见不了几个油星星,全身上下都缺油,看见油就流口水。特别是我们农民,平时想买肉不但没钱,也没有肉票啊。虽然我们家家都养猪,但那是为了卖给合作社挣一点儿钱,不是为了自己吃。而卖给合作社的生猪,都被供应到城市了。所以不是过年过会或者家里过红白喜事,是不可能买肉吃肉的。一年仅有那么两次买肉的机会,那还不买一点儿肥的,多得一点儿油水?所以为了能买到一点儿肥肉,人人都要用用脑子,比现在买瘦肉那不知要多费多大劲。傻乎乎地只知道排队买的人,到头只能买别人挑拣剩下的瘦肉。

有一年过年,妈让我去合作社买肉。我们村合作社也就过年过会的时候才杀一头两头猪,其他时候很少供应猪肉——杀了也没人买——包谷糁都喝不饱肚子,谁还有钱买

肉啊！中国人爱面子，过年过节要待客，所以再穷多少还是
要买一点儿肉的。这样的时候，村里人都排队去买。我也跟
在后边排着。前边的人都挑三拣四，跟里边卖肉的大声争
论，最后都能买到膘肥肉厚的，提出来兴高采烈，洋洋自得。
终于到我了，卖肉的问我要多少，我说就要二斤，他拿起刀就
要割我们称之为血脖子，也就是猪脖子的那一部分。我赶紧
说我不要，嫌那都是囊肉，膘不肥。卖肉的嘴里叼着一支烟，
手里拿着刀，对着我凶狠狠地说，就给你这。这个人是我小
学同学的哥，合作社杀猪卖肉的，都认识。平时就歪着脑袋，
嘴里叼着一支烟，骑着一辆除了铃不响全身都响的破自行车
在村里转来转去。谁家有猪要卖了，就叫进去给验一下膘，
看达标没有。为了赶紧卖掉换成钱，叫进去的人每次都少不
了赔笑脸，送上一支烟。我妈为了卖我养的猪，当然也每次
都会叫他到我们家猪圈来看猪。妈看见他骑着破车子从外
边过，马上赔着笑脸，喊来看一下我们家的猪。他愿意了就
下来，不愿意了，给一句"你屋那猪还早着呢"，哐里咣当地就
走了。如果下车来，我妈赶紧就找一支烟递上，叫他到猪圈。
我把猪叫过来，他用大拇指在猪脊背上前前后后按几下。
他按猪脊背的时候，我妈紧张得就像我在学校考试一样。同
样，他高兴了就说好了，明天就送来；不高兴了，就说还不行，
再喂些日子。打猪草拌猪食喂猪都是我的事，所以我比妈还
紧张。能卖的话，妈高兴的是能有一点儿现金收入，能给我
们买黑市粮了；我高兴的是暂时可以轻松几天，不用每天喂
猪了。所以我对同学的这个哥，总是又恨又怕。他人长得又

瘦又高,脸也奇长,眼睛还有点斜,也只有他才干杀猪这一行。而正因为他干了这一行,有了验证猪肥瘦,决定谁家的猪能不能卖的权力,所以在村里就不可一世了,嘴里叼着烟骑着破自行车在街道上过来过去的那样子人人背后都骂,但人人见了都满脸堆笑。

　　他要卖给我的就是谁都不愿意要的那个血脖子,我当然也不愿意要。我要买了不但吃亏,拿回去妈肯定也不高兴。我就说我不要,我要那块膘肥的。他说:"你个崽娃子,还挑啥呢? 不买就不卖给你了!"我说:"我就不要血脖子。"他说:"那就不卖给你了,走! 后头的。"我知道他欺负我一个小孩,别人都是大人,跟他有关系,他就给卖好的。所以我也较上劲了,说:"我偏要,我就是要买那块膘肥的。"他更生气了,说:"今儿就是不卖给你,走,后头的。"我也犟上了,说:"你看我今儿能不能买到!"他气得喊:"走走走,后头的!"就是不卖给我。我一直赖在那里也不行,杀猪刀在他手上呢,我只好退下阵来。我当时说的是气话,退下来买不到肉也不能回家啊? 咋办呢? 回头看到一个外号叫"国民党"的铁杆,知道他跟杀猪的弟关系好,就给他说你去替我买两斤肥肉。他就去排队,果然不一会儿就买来两斤肥膘大肉。我拿上肉,走回窗口,隔着窗子扬起肉,对着里边喊道:"咋样,看我买到了没?"嘴里叼着烟的那个杀猪的一看,气得抡起刀喊:"我把你个崽娃子!"我知道他隔着有铁栏杆的窗子也不会把我咋样,越发得意地喊:"看你还卖给我个? 不卖我也能买。"他还抡手里的杀猪刀,我却大笑着跟"国民党"一起跑了。

　　回到家我给妈说我的英雄事迹,以为妈能夸我两句,没想到妈却把我骂一顿:"买不到肥肉就算了,你把人家得罪了,咱家的猪咋卖呀!"妈这么一说,我也害怕了。知道自己为了一时痛快,闯下大祸了。要是他以后真的刁难妈,不收购我们家的猪,那咋办呀?卖不了,猪老养着光吃食也不行,人都没有吃的,哪能一直养着一头大猪呢?而且卖不成钱的话,妈就没有钱给我们买黑市粮,妈答应的卖了猪给我买靴子的事也就不行了。我最讨厌下雨了,下雨了路都是泥,我没有雨靴,只能穿木屐上学,喂猪的时候上茅房的时候脚下也很脏。所以一直想要一双靴子。妈每次都给我说,俺娃好好喂,等把猪卖了,妈就给俺娃买一双靴子,跟妈一起穿。可是直到我进城上学,这句话也没有兑现。我知道不是妈说话不算数,是我们家太穷了,卖猪的那一点儿钱,每一分都要拿去买黑市粮,养活我们姊妹五个。所以我虽然每次都埋怨妈又没给我买靴子,但每次还都老老实实喂猪,一直喂到进城上学,离开村子。

　　令我稍微放心的是那个卖肉的好像早就忘了跟我还有过那么一招似的,照例还是歪着脑袋,嘴里叼着一支烟,骑着他那辆除了铃不响全身都响的破自行车在村里耀武扬威地转,被妈叫来验猪,也没发现有什么刁难的,我们家的猪肥了,照样还是卖了。本来嘛,他是大人,我是小孩,他抢刀那也不过就是吓唬我,不可能真就要跟我一个小孩怎么样。

　　但是我的穷命可能也就表现在这些方面。小时候想吃肉,想吃肥肉,就是去买,也难买到。经过几十年寒窗,现在

　　终于能买得起，也买得到了，却不敢吃，也不能吃了。可见不光是月圆月缺，任何事都是"古难全"的。

　　就像日本人吃生鱼片一样，现在生鱼片和寿司中最贵最受人追捧的是金枪鱼的 TORO，就是金枪鱼肚子上最肥的那一部分。可是正因为太肥太油腻，据说江户时代的人却是不太喜欢的，有些地方甚至当下脚料扔了。

　　我有时真想：味觉如果能摆脱经济基础的影响，如果能穿越时空那多好！

　　　　　　　　　　　　　　　　　　　　　　　　　（2014.9）

马 肉

人都知道日本人吃生鱼片，但很多人可能不知道日本人还吃生马片（生马肉片，日语称作"马刺"）、生牛片（生牛肉片）。猩红的马肉，切成一寸见方的小片，摆在手工制作、拙气十足的深色陶盘里，外加两片鲜绿的紫苏叶，一捏黄色姜泥，看起来倒也漂亮别致。吃的时候跟生鱼片一样，也是蘸着酱油吃，只不过是把山葵泥换成了姜泥而已。没吃过的人可能一听就觉得恶心难吃，其实味道非常鲜嫩，入口即化，完全没有想象中的肉腥味。生马片用的马肉在日本以熊本县阿苏山草原养育的马最为有名，但据说最近从澳大利亚等进口的马肉也多起来了。因为一般马肉有寄生虫，不能生吃。能生吃的马肉要求很高，所以数量少，价格贵，不像海鱼做的生鱼片那样哪儿都有，随意能吃。

虽然贵，但在日本生活时间长了，各种应酬都有，当然也吃过好几次。我本来就喜欢吃生鱼片之类的，所以当初就没有什么抵触感，最初吃时只是感到新奇，吃后也感觉确实不错,值得花钱尝尝。

但我记忆中的马肉却不是这么高贵的。

我记忆中的马肉,其实是小时候吃过的那种。那时马呀牛呀的在生产队都是贵重的生产资料,在一定意义上比人还贵重,当然不可能杀了就吃。直到上世纪九十年代我看《人民日报(海外版)》上报道年间全国灾害损失,里边写了损失牲口多少,但是还一字没提伤亡人口多少,当然更没提受灾人口多少了。可见很长时间以来,牲口都是比人重要,比人值钱的。当时在生产队死一个人没有谁觉得有什么大不了的,多一个人少一个人不疼不痒,甚至少一个人还会有人觉得好——少了一个吃饭的,少分一份口粮。但如果说队里死了一匹马或一头牛,那可是大事一桩,真是不得了的。因为或许第二天犁地就成问题了,马车也就少一挂了。当时说的反革命分子搞破坏,最多的例子就是把某个生产队的牲口给毒死了。我本家四伯,手脚勤快,一生好人,给生产队当饲养员,一心用在饲养牲口上,把牲口喂养得个个膘肥体壮。可是某天一匹骡子莫名其妙死了,有表现积极的人诬陷说是四伯毒死的,从那以后四伯和四伯家人的命运就完全变了。为一匹莫名其妙死掉的骡子,四伯一直背着黑锅,一直被人批斗,直到含冤死去。所以对我来说,当时绝对不可能想象世界上有人会杀牛杀马吃,更不能想象养牛养马就是为了杀着吃!

虽然不能想象好不容易养大的马或牛杀了吃,但是也有杀了吃的时候。那就是某匹马或骡子或牛不幸病死的时候。

贵重的生产资料死了,少了一个重要的劳动力,拉车少了马力,犁地缺了牛牵,按道理大人们应该是比较悲哀的,但是我们小孩却高兴。我们高兴的道理很单纯,因为终于能吃到肉了。

那时农村太穷,除了过年过节和谁家有红白喜事,从没有肉吃。大人更是可怜,好不容易给谁家红白喜事帮忙或行礼有了坐席的机会,却要把肘子肉用蒸馍夹上带回去给孩子们吃,自己肯定是不能吃的。

一年吃不上两片肉,当然不会像现在这么文明和讲究,牛呀马呀的即使是病死、老死的,也绝对不会埋掉了事,一定要吃了。

所以某天队里要是马死了,按道理应该感到悲伤的大人们好像也没有那么悲哀,从大人到小孩,大家都满面笑容,兴高采烈的样子。那样子不像队里发生了不幸,反倒像出现了什么意外的喜事似的。队里有本事的那几个能人嘴角叼着烟,手里拿着刀,兴冲冲地屠宰死马。没什么大本事的几个人也会被安排用胡基(干土坯)堆砌一个简单的炉灶,把平时用来和泥的一个大铁锅草草洗一下,架到简易炉灶上,里边盛满水,点上柴火,准备煮肉。

就算队里啥活都能干的能人,屠宰马也都是外行,看着他们干都有些费劲,不像课本上学的庖丁解牛,游刃有余。他们把死马放到地上,剖开肚子,掏出内脏,先剥马皮。剥掉皮后,再把肉从骨头上剔下来,切成大块。内脏也不会扔掉,谁也不管那病毒在哪儿,心肝肺大肠小肠都翻开洗一洗待用。一切准备好后,把切好的马肉以及马骨头,洗净的下水内脏等一股脑都放进大锅,加上一些葱姜大料,架上劈柴就烧起来。我们小孩们都围在周围,眼馋地看着锅里翻滚的肉块。锅也大,肉也多,常常要烧大半夜。我们围在一边,闻着诱人的肉味,直流口水,谁也不想回去睡觉。如果运气好,大人给切指甲盖大一小块,让尝一口的话,那就能高兴半天。

第二天早早起来,跟着妈拿着碗高高兴兴去排队分肉。一匹病死的瘦马,能有多少肉?全队大大小小一百多号人,按人头分,你可以想象一家才能分几两?反正我们家就那么个老碗,每次就能分到差不多一碗。几块肉,还有一点儿下水。兴冲冲地拿回家,看着眼巴巴的,妈少不了会切一小块喂到我嘴里。为此跟三姐照例是要争吵的,妈只好边骂边给三姐也切一小块。

家里也没有什么菜,妈就把肉切成片,再切很多白萝卜块,然后一起放到锅里,加一些佐料煮。看着是一大锅,可差不多都是白萝卜,可怜的那几块肉几乎都看不见。但我们就闻着香,看着馋,都守在锅台旁边,等着煮好吃。

好不容易盼到煮熟了,妈却不给我们吃,要先盛几碗,给院子里那几家本家人每家送一碗。我端着碗去送,脸上挂着笑,心里却疼,心疼。但这是必须的,因为那几家本家跟我们不是一个生产队,他们不会分到肉。大家都是本家,又都在一个大杂院内,有什么好吃的了,是绝对不能关起门来偷吃的。如果那样了,那还能是人吗?还能是本家人吗?

终于轮到我们吃了,妈给每人盛一碗,端到手上的却只是一碗煮白萝卜,难见到一块肉。这样的时候肯定又要为谁碗里多了一块肉少了一块肉打打闹闹,最后惹妈生气。

有付出就有收获,谁说的来着?我们家每次都会因为给那几家本家送,要损失几碗萝卜煮马肉,但如果遇到他们队里马死了,我们家又会一次收到好几碗各家送来的马肉煮萝卜。给人送的时候埋怨不是一个队的本家人太多,这样的时候又庆幸不是一个队的本家人多。虽然那肉照例是病死的马肉,照例是一大碗萝卜里只能看见一两片肉,但我们照样吃得香。

饥饿时的白萝卜煮死马肉,远远超出饱食时的熊本产生"马刺",不用说的。

(2014.2)

凉　皮

　　凉皮这种食物要在二十年前还得解释一下,现在已经风行全国,不解释也都知道了。但是陕西的凉皮分好几种也许外地人不知道。一般说的穰皮是指白面粉加一点儿盐加水用铁笭笭蒸成的,是最淳朴,最普通,最家庭的一种;擀面皮指的是洗了面筋的凉皮,白面粉和好后洗面筋,洗出来的水沉淀后蒸,蒸出来的面皮透亮筋道,像粉皮一样;现在最流行的,其实是米面皮。就是用水磨大米粉在笼屉上蒸的,柔软,筋道,合穰皮与擀面皮之长,加上独特的调料与调和方式,流行关中。

　　我们全家人都喜欢吃凉皮。喜欢到什么程度? 给你说怕你不相信,我请人给我把蒸凉皮的铁笭笭捎到日本,夏天我们家自己蒸着吃。

　　以前每次回国的第一顿饭都是妈擀的面,但是随着妈年龄的增加和体力的衰退,我们的第一顿饭慢慢变成凉皮了。特别是附近的一家汉中米面皮,一块五一碗,量多味足,柔软筋道，我们一家人都喜欢。

可是在我大姐面前你不能随便说要吃凉皮。如果你说了，她肯定不让你在外边买着吃，她肯定早上五点就起来，蒸一大盆给你送来，让你吃两天都吃不完。她蒸的是传统的穰皮，虽然也好吃，但我们现在更喜欢吃米面皮。可是她不同意这种说法。她坚决认为外边的不好吃："卖的唛不好吃，还是咱自己蒸的好。我有人家给的好面，我给你蒸。"

我大姐的性格，热心而固执，善良而孤行，聪明而愚蠢。最能体现她热心肠的，是以前在农村生活的时候，有要饭的穷人上门，虽然她家也不宽裕，但是她每次都给人家舀一大碗饭，还问长问短，临走时肯定会给人家说："要不到肚子饿了再来啊。"有谁这样打发要饭的？普天之下大概也只有我那傻姐了。她从来不怕谁在她家吃饭，好像有人来她家吃饭她反倒沾人家光了似的。在她家吃饭，她给你端来的饭肯定满流流的快要从碗里冒出来。用我妈的话说，"给你姐用的碗得箍一个项圈"。她善意的固执和好心的一意孤行也非一般人所能接受。她喜欢缝纫,你如果想让她给你做一个被罩,要买好一点儿的布给她,她一定不会要,她一定会说自己买布给你做。以后她给你送来的常常是你看不上的。因为她节俭,她家也不那么富裕,所以她只会买比较便宜的布料,有时甚至是处理的布料,绝不会买上等的。而且她人虽然麻利,干活快,可是也心粗(老好人常常心粗),给你拿来的东西不是这儿有线头子,就是那儿布头缝反了,令你哭笑不得。你不要的话会伤她的心,要了你自己心里又不舒服。她就是这么可怜,为了你花钱花工夫,恨不得把自己的心都掏出来给你,但是结果却常常让你困惑无奈。没办法,这就是我那傻姐的性格——热心、献身、实在,但好心却常常落空。

所以现在我们不敢随便让她做什么了,而到她家去的时候,我们干脆就说不吃别的,就要吃你蒸的凉皮,还给她说就是咱自己蒸的凉皮好吃。一是了却她要给我们蒸凉皮的一片好心,二是也省得她花销。不过上次去她家吃凉皮,她弄的油泼鲜绿辣子辣死人,两个孩子都吓得不敢再去了。

(2005.9)

肉夹馍

　　还是在大阪上日语学校的时候。一天妻回来问我："你给老乔说什么了?"我说："一起住了半年,说的话多了,你指的是什么?"她说："老乔下课抓住人就问:'你猜我现在最想吃什么?'人家不明白,他就说:'我现在最想吃肉夹馍。'人家问:'你吃过肉夹馍吗?'他说:'没吃过。'别人都奇怪:'你都没吃过怎么还最想吃?'他说:'何晓毅说了,肉夹馍好吃。'人都问我呢。"听了后我哈哈大笑。肉夹馍,多么有魅力的食物! 只要一听这三个字,我的口水就禁不住流淌。和妻在一家学校学日语的老乔是我原来的同屋,一个身材魁梧、性格豪爽的上海人。谁都骂,甚至提起父母都口口声声"他妈的我妈怎么怎么,他妈的我爸怎么怎么。"我本来接触上海人不多,和大部分中国人一样,也对上海人有一定的成见,可是老乔,还有另外一个小火,却大大改变了我对上海人的印象。

　　老乔虽然长得五大三粗,可是最大的爱好却是打扮,具体说就是穿衣服。他来日本别的没带,就带了两箱子衣服,那可是我到那时为止见过的衣服最多的中国人。我们住的房子是榻榻米的和式房子，壁橱当然也是和式的，只能放被子，不能挂衣服。他竟然到商店去买了一根棍子，太长，没有锯子，就用小刀一刀一刀刮，截断一部分，再用罐头铁皮做两个小圈儿套住棍子两头，钉到壁橱里，硬是把一个和式的壁橱给改成"洋式立柜"，把他那一大堆西服领带之类的宝贝全挂起来。我们一闲下来就吹牛。他特能吹，吹他做生意，吹他的狐朋狗友，听那样子在上海也算是个人物。我能吹的，只有吃。我给他吹西安的各种小吃，肉夹馍当然是必不可少的。那时我们都肚子饿，没有什么好吃的，听得他流口水，不奇怪，说他特想吃，也再自然不过。

肉夹馍是什么？用普通话说，就是烧饼夹大肉。这么听一点儿不会觉得好吃。你再听纯正陕西说法，"白吉馍夹腊汁肉"，怎么样，有点儿味儿了吧？白吉馍是用白发面，擀成巴掌宽一条，卷成一块，返起来，再擀成烧饼样，陕西话叫"饦饦馍"，放在足有一公分厚的铁板上烤。铁板下边是木炭火。柔和的木炭火，厚厚的铁板，慢慢烤，馍被烤得两面脆脆的，里边软软的。这时再准备腊汁肉。腊汁肉稍有名声的店，都是祖传的百年老汤煮成的。肥瘦适中的五花肉和肋条肉，洗净去腻，放进老汤，加十几种秘传的佐料，在微火上炖整整一个晚上，那肉和汤就融为一体了。烂而有形，汪而不腻。店员从热锅里捞一大块肉，放到菜墩上剁碎拍成一个肉饼，再浇一小勺热呼呼的肉汁。这时拿过刚下铁板的白吉馍，从中间一切，白吉馍就像早就安排好了似的，自然分成两片，但是

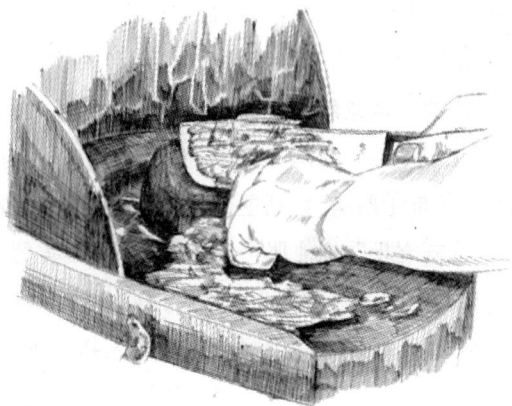

不能完全分开，最后一定得连上一点儿。然后把淋了肉汁的
肉饼放进两片馍之间，夹上，衬一小片纸，递过来，一个热呼
呼的"肉夹馍"就成了。接到手，咬一大口，皮脆里软的馍香，
入口即化的肉香一下充满口腔，再嚼两下，脆、软、烂、嫩、香、
汪……所有的口感和味觉都被唤醒，你会忘记你吃的是什么
东西，只觉得感动，只想赶紧咽下去，再吃下一口。如果你冷
静，吃两口肉夹馍，再喝一口放了香菜的馄饨，那就完美无
缺，如入仙境了。

　　给老外说的时候，为了方便，我一般介绍说这是"中国汉
堡包"。我的老外朋友大凡吃过的，都上瘾，而且异口同声，
比"什么劳"好吃百倍。

　　实际上肉夹馍现在在西安已经不是一种单一的食物，用
馍夹这种调理法，成了一种独特的饮食文化。除了上述的肉
夹馍以外，现在还有了菜夹馍等。菜夹馍更是变本加厉，皮

脆内软的白吉馍可夹十几种菜:凉拌豆芽、炒土豆丝、豆腐丝、咸菜丝、煮鸡蛋……面前的十几种菜随你指,指什么给你夹什么,直到你不愿意再指了,就算成了。递过来的是一个菜比馍厚的、根本夹不住的馍,你会为难怎么吃。还有那肉夹馍,也变化很多。除了古典的腊汁肉夹馍,现在还有各种炒肉夹馍。最受欢迎的是孜然肉夹馍。

说起孜然肉夹馍,我可能是发明者。那还是十八九年前在西安工作的时候,晚上回家,经过校门外一家烤羊肉摊总要吃几串。虽然一毛钱一串,可是那时收入低,不能放开吃。正好旁边有卖肉夹馍的,就买一个白吉馍,再买几串孜然烤肉,掰开馍,把肉带签子放进去夹起来,抽掉签子,就成了一个孜然烤肉夹馍,吃起来贼香。后来再回西安,这种吃法已经很普遍了。

这么说来,有年头没吃肉夹馍了。下次回西安一定到有名的店吃一次,还要带上孩子。但是最想知道的是老乔吃过没有。他从日语学校毕业后,听说到了香港做生意,后来就再也没有联系了。老乔,到我们西安去吧,我请你吃最好吃的肉夹馍,菜夹馍,孜然烤肉夹馍,圆你十几年的梦,也消我吊你胃口造的孽。

(2004.5)

牛肉拉面

两年前暑假我们全家游丝绸之路,应朋友之邀在兰州呆了两天。兰州是我小时候出门最远的地方。大舅家在这里,六岁的时候妈带我来过一次。白塔山、五泉山印象很深。我平生第一次照相就是在五泉山公园里。

到了兰州,见了表兄表姐们。大舅和舅妈都已去世,离得远,跟这些表兄表姐们来往也不多,虽然见面很亲热,但还是不如跟朋友在一起自然。所以我们吃住就在朋友家。朋友在这里也算个人物,她哥有自己的车,带我们看兰州的名胜,请我们吃兰州的美食。这里的水蜜桃,我们全家人都认为是迄今为止吃过的最好吃的。个大汁多味甜,无可挑剔。而且没有限量,尽兴吃,这在一个桃分着全家吃的我们看来,简直就是最大的奢侈。那两天我们一家四口大概把我们在日本几年的桃都吃了。

第二天中午,朋友请我们吃牛肉拉面。兰州是牛肉拉面的"麦加",到这里当然应该吃一次了。西安也有"兰州牛肉拉面"，但我一直不太喜欢。因为面不筋道，汤也清淡，辣子不油，吃起来不如油泼扯面来劲。

他们开车带我们到市内的一家据说是兰州最有名的牛肉拉面店。流行的蓝色玻璃墙幕门面，上书大大的金色"＊＊牛肉拉面"。揭开塑料门帘，里边还有一道门，门口有一个穿红色旗袍的门迎招呼。进得门去，第一印象就是果然名不虚传——人都挤成疙瘩了！固定桌椅的十几张桌子，座无虚席。更加可怕的是座无虚席的每张桌子周围在吃饭的人后边都站有一大圈儿人——在等座！这样的景象，我已经二十年没见过了。在饭店比比皆是的这个年代，竟然能令食客不顾体面抢占座位，想必风味绝佳，吃后能回肠三日吧。我非常期待。虽然我觉得有失体面，也觉得没有必要，但还是跟周围的人一样站在吃饭的人后边等座位。

等了足有半个小时，我们上十个人终于都占上座位。坐下看那桌子的脏劲，也跟二十年前差不多。服务员的态度，比二十年前也没好多少。如果不是桌子是塑料的，桌椅是固定的，门口有门迎，你真会以为这就是七十年代八十年代的国营食堂呢。但是为了吃风味绝佳的真正的兰州拉面，这些都只能忍了。

这里的面只有一种，就是牛肉拉面。我们按人头要了后，又等了好一会儿，正宗兰州牛肉拉面才千呼万唤地端到眼前。一看，好像是比西安的牛肉拉面颜色好一些，汤色不那么淡，还有几片香菜。我们都饿急了，调上辣子，急不可待地张口就吃，可是吃到嘴嚼了两下，却有点儿失望：跟西安的差不多呀！面照例不筋道，味道并不浓厚，辣子也照例不油。边吃朋友边问："怎么样，不错吧？"以我的教养，也不好当面说真话，只能苦笑着说："还好还好，名不虚传。"

吃完出来，跟老婆悄悄议论：大名鼎鼎的兰州牛肉拉面，最正宗最被推崇的也就这样，那么是不是兰州牛肉拉面实际上"也就是这样"，没什么吃头呢？老婆也摇头不已，说大概也就这样吧。

从兰州坐火车到敦煌，孤陋寡闻的我，才第一次知道敦煌竟然是个像样的城市。在敦煌市内，那感觉跟在西安城里也差不多，柏油路，筒子楼，满街小摊，乱跑的汽车和行人……并不觉得在沙漠里。我们住的饭店号称三星级，但是那条件实在不敢恭维。床头是三合板做的，竟然没有抛光。虽然铺有地毯，但是天长日久客人的落发遮住了地毯原来的颜色和图案。卫生间每个龙头都漏水，要用水的时候却没水出来……反正一进房子就觉得上贼船了。

可是敦煌的人却好，都热情而且诚实。不论打车还是租骆驼，不会漫天要价宰人。更重要的是这里改变了我对牛肉拉面的成见。

我们早上起来在"宾馆"附近的自由市场找饭吃。看到一家牛肉拉面，门面非常不起色，像临时搭建的违章建筑似的。本来不想进去的，但是附近没看到别的吃的，心想时间也不多，凑合着能填饱肚子就行了，就进去了。里边很小，只放了两张不大的桌子。一个三十来岁的还算耐看的妇女招呼我们坐下，然后就对里边喊。应声出来一个年龄相仿的男

人,问我们要几碗,然后就开始烧火弄面。看他才从盆子里
拿一团面出来,我急了说:"你才做呀!"两个人都说不费事
的,马上就好。既来之则安之,我突然觉得正好可以趁这机
会看看怎么做拉面。我就站在他后边,从头到尾看了个够。
看他先揉面,揉得差不多了,就开始拉。那拉很艺术,三下两
下,就拉成了。拉好的面扔到开水锅里,烧了两开就捞出来,
加上牛肉汤就成,果然没花多少时间。

来这里以前我们吃过兰州最有名,也所谓最正宗的牛肉
拉面,知道也就那个样子,所以对这里的一个小铺子,我们当
然没抱任何希望,我们只是为了填饱肚子而已。可没想到吃
了一口就觉得不一样,虽然辣子照例不油,但是面却很筋道,
汤味也浓厚。原来牛肉拉面也能做这么好吃呀?我们一家都
乐了,吃得很开心,连孩子都吃完了一大碗。我吃得满头大
汗,浑身舒畅。边吃边跟两口子说闲话。他们是从兰州乡下
来的。我说在兰州吃的并不觉得好吃。他们说那些店为了卖

钱,牛肉汤都卖成清汤了,面也揉不到份。虽然我不知道真相,但是我宁愿相信他们说的。

　　我们离开敦煌的最后一顿饭,也是在这家夫妻店吃的。小店的名字记不得了,但是他们的牛肉面我却牢牢地记着。其实跟做别的事一样,诚实加上功夫,牛肉拉面本来应该是很好吃的。

(2004.5)

烤羊肉串

还是上中学的时候，进城在大差市一带见到有维吾尔族人卖烤羊肉。他们把穿在铁签子上的血淋淋的肉，在木炭火上烤一烤，撒一些什么佐料，就给人吃，觉得这不是茹毛饮血吗？他们用扇子扇着木炭，大喊："朋友，烤羊肉串儿！来一串儿！""朋友！朋友！烤羊肉！烤羊肉！"那发音也奇怪，每个音都走着调。而且过路的人又不认识，谁跟你是朋友呢？看那装束也不习惯，一身黑乎乎的衣服，头上却戴一个颜色鲜艳，有几何图案的瓜皮帽样的帽子。总之一句话，不可思议，也没敢去吃。

1983年大学毕业后分回西安，在一家外语学院工作。那时西安已经很流行烤肉了。所谓的夜市的主角差不多都是烤肉摊儿，而且不知从什么时候开始摊主已经主要是本地人，很少见到维吾尔族人了。忘了什么原因，可能是跟单位年轻的校工一起出去被人激将了吧，反正有次试着尝了一串儿。尝的时候还有点儿害怕，吃了却觉得异常的好吃，当下就吃了好几串。没想到的是从此就一发而不可收,吃的次数越来越频繁,数量也一次比一次多,终于吃到一次一百多串,也终于吃得真害怕了——要破产了。虽然那时一毛钱一串,但一次一百多,就是十几块,如果跟朋友一起吃,一次就是二三十块。我当时的工资一个月才四十来块,怎么付得起?

但是已经上瘾,每天不吃是万万不行的,所以不得不改变战术。

那时师大和外院一带吃烤肉的人还不太多,校门口的烤肉摊儿也就两家,冷冷清清的,很多时候一个吃客都没有。学校虽然给我有房子,但两家学校是隔壁,我一般还是回师大父母那里住,也就是说每天晚上都路过那两家烤肉摊。吃烤肉已经成瘾的我,很难拒绝那诱人的孜然烤肉的诱惑,所以几乎每天晚上都吃。而每天都吃的我也就成了他们冷冷清清烤肉摊贵重的常客。我认准的是师大门口的一个摊儿。这家烤肉是全家出动。天快黑的时候老夫妇用架子车把炉

子拉来支好,把木炭火生起来,有人来吃就烤,没人他们老夫妇就只是默默地坐着,看着过往行人。八九点的时候二十来岁的儿子来接班。熟悉了才知道儿子有工作,这烤肉摊就是他们老夫妇给儿子搞的副业。那儿子人机灵,长相也精神,很能招来一些人,时间长了甚至有女大学生经常光顾。十点多夜深了,儿子回家休息,又剩下两个老伴守摊子,一直到十一二点才收摊回家。我晚上回家常常是十点左右,所以有时是儿子给我烤,儿子回去了就是老太太给烤。老头身体不太好,总是默默地坐在一边抽烟。儿子每次都跟我说话,老太太也总是跟我拉家常。自从感觉到经济危机后我差不多每天晚上只买一块钱的,年轻的儿子一般给我十一二串,而老太太递到我手里的总是十四五串。吃肉的人回头客多,也有赊账的。我有时青黄不接也赊账。别人赊账他们都在一个本子上记着,我赊账却从来没见他们记过。我每次工资发下来了先付账,当天晚上免不了顺便多吃几块钱的。

囊中羞涩还带来了新发明。孜然烤肉夹馍,就是这个时期发明的。每次只买一块钱的肉,老太太多给也就十来串儿,当然不够吃,就在旁边的肉夹馍摊子买一个白吉馍,掰开把烤肉带签子夹住,然后把签子抽掉,就是一个烤羊肉夹馍了。你别说,不仅仅是省钱,还别有风味,挺好吃。多少年过去了,现在这种吃法已经遍及全西安。

西安的外国人风行吃烤肉,算下来也应该是我始作俑的。那时全西安除了公路学院有几个非洲留学生以外,也就我们外院有一些西方国家来的留学生。我给他们教汉语,经常带他们活动。有次带几个日本学生到东大街买东西,在唐城百货店路口有卖烤肉的,就给他们买了几串尝。本来有点儿恶作剧心理,想看看这几个日本女学生的反应,结果却非常意外,她们直喊好吃,马上就上瘾了,后来差不多每天到校门外的摊子上吃。这些人再传染给一起住在留学生楼里其他国家的留学生。他们有钱,所以外院门口的烤肉摊子上,经常就有几个老外在吃。后来我们组织晚会,我干脆把我常去的那家烤肉摊子叫进学校,给晚会助兴。这样的活动,更是给老外吃烤肉的火上浇了油。

我要到日本留学的时候跟烤肉摊儿道别,老太太要我走以前一定再来一次。出发的前一天我再去的时候,老太太给了我一大包孜然粉,要我带到日本自己烤肉吃。孜然粉当时还不多见,市场上也买不到,老太太等于是把他们自己做生意的企业秘密都给了我,我当时别提多么感动!

到日本后我经常自己烤肉吃。日本很少有羊肉,只能用牛肉代替。不过日本的牛肉比较嫩,吃起来除了少一些膻味外,跟羊肉也差不多。

后来再回西安的时候,外院前边的师大路整顿市容,小摊小贩都被赶走了,那家烤肉摊也不见了。但是听说那儿子竟然跟常来吃烤肉的一个师大女学生搞了对象,而且还结了婚。女大学生嫁给烤肉郎,如果称之为"烤肉缘",也算是不多见的美谈吧。只是不知道那慈祥和善的老太太是否还健在。

(2004.5)

烧　鸡

　　我们回国旅行,时间允许的话,一般都坐火车。固然是为了节约,但还有一个原因是我们孩子爱坐火车。特别是我们家大孩子,比较特殊,爱古董,不爱新潮。比如电话,喜欢拨号式的,不喜欢按键式的;出门坐车,喜欢挤公共车不喜欢乘出租车;吃饭,喜欢用筷子不喜欢用勺子叉子;电灯,喜欢白炽灯不喜欢日光灯;开关,喜欢拉绳的不喜欢按钮的……反正什么老就喜欢什么,什么新就不喜欢什么,成心跟人不一样。就说这火车,喜欢的顺序也是蒸汽机车、内燃机车、电力机车、新干线,完全违背火车的发展历史,逆历史潮流。坐火车的时候,也喜欢坐快要报废的没有空调的绿皮车的硬座,不喜欢坐有空调的新型车辆的舒适的卧铺。当然也不可能什么都由了他,为了大人的舒适,能买到票我们还是坐卧铺。但每次都得带他到硬座车厢去"体验生活",不然他会觉得不过瘾。

　　当然坐火车,对我们来说也乐趣无穷。飞机在高空飞过,地面上什么都看不清楚。火车却能欣赏沿途的田园风光,都市变迁。还有一个乐趣是能在车站买到各地的特色食品。虽然常常上当受骗,我们却乐此不疲。一次从西安到南宁,途经湖南广西一带,沿途车站小吃品种之丰富和新奇,让我们大开眼界。有一种米饭装在陶罐里,很有风情。只是吃完后为处理陶罐很伤了一番脑筋。

有一年从乌鲁木齐坐火车回西安,坐的车辆是郑州客运段五十年代制造的车,破烂不堪,立马就要散架似的(列车员说马上就要报废),当然没有空调。孩子高兴,我们却苦了。夏日炎炎的戈壁沙漠中摇摇晃晃三天两夜,要受多大罪?窗子打开吹进来的是热风,不打开又能把你闷死,反正怎么都苦,唯一的乐趣就剩下吃了。我们吃西瓜,吃哈密瓜,吃葡萄,吃维吾尔油馕,吃方便面……瓜皮呀方便面盒开始我们还都放到垃圾袋,后来看服务员把满满的垃圾袋随手就扔到窗外去,我们也就不客气了。孩子们几年来都想像别人那样把半个西瓜皮豪放地从窗子扔出去,但我们一直不准。一是不卫生,二是在车窗打不开的封闭的空调列车上也不可能。这天正是机会,孩子们用勺子吃完西瓜后把半个完整的瓜皮从破窗子豪放地扔了出去,然后痛快地、恶作剧地大笑。

我们对面坐两个中年男人,看样子是到新疆去做生意的。他们一上车就不断吃喝,而且比我们豪势多了:香肠,火腿,啤酒……还有一只烧鸡。以前看人在火车上吃烧鸡不胜眼馋,那大块吃肉大碗喝酒大斗分金的豪爽感非常刺激视觉和味觉,甚至快要激活我向往山大王的本能。但是因为孩子

还小,一只鸡吃不完,所以我们从没买来痛快过。只见眼前这两个绿林好汉光着膀子,把报纸铺到铺位上,把烧鸡放报纸上,然后用一把很漂亮的维吾尔小刀,你一条腿我一只翅膀地切下就吃开了。两个人一手执着烧鸡,一手拿着啤酒瓶子,脑袋一扭啃　大口鸡肉,脖子一仰喝一大口啤酒,活生生两个豪放的山大王。不一会儿烧鸡吃完了,啤酒也喝光了,一个人抹一把嘴,把两个啤酒瓶随手就扔到窗外去,另一个人也把剩下的鸡骨头用报纸胡乱一裹扔到窗外去。嘿,痛快!

　　过了不长时间,一个人突然在身上床上到处翻找起来,嘴里还一个劲嘟囔:"妈的,怪了,跑哪儿去了?"另一个见状问:"找啥呢?"这一个不理,只是嘴里嘟囔着乱翻。另一个不耐烦道:"乱翻屎呢。找啥呢?"这一个还是乱翻着道:"我的维吾尔刀呢? 我的维吾尔刀呢?"另一个道:"你刚才还切烧鸡了呀?"这个道:"是呀,我的刀呢?"看到这儿,我忍不住偷

着笑起来——肯定刚才跟鸡骨头一起裹到报纸里豪放地扔
了。我悄悄说给老婆孩子，他们当场笑翻。笑翻之余我们赶
紧让孩子找吃西瓜的小勺——我们没有山大王豪放，瓜皮扔
了，小勺还在。

　　那两个大块吃肉大碗喝酒痛快扔垃圾的豪放的绿林
好汉可能最终也不知道自己漂亮的维吾尔小刀是怎么
丢的。

　　我妈常教我说："人狂（读 zháng）没好事，狗狂一堆屎"。
做人不能太张狂，做事不能太忘形。这个发生在快要报废的
绿皮火车上的维吾尔小刀和烧鸡的故事，现在已经成了我们
家教育孩子的一个经典。

（2004.7）

烤红薯

　　我家大孩子说话很晚，三岁左右才会说话，会说话了也不太爱说，总是默默地胡写乱画，每天要画很多他自己想象中的地图，或者看到的什么东西或场景。妻子总用广告纸的背面给他做画纸。一方面是为了省钱，因为我们那时还很苦，老买画纸也是一笔不小的花销；二是每天报纸里头很多广告纸，可以任孩子胡写乱画，不用操心孩子浪费画纸，也不用因为害怕浪费而过分干涉孩子胡写乱画——说到底还是为了省钱。

　　有一次寒假从北京返回日本，很长一段时间他每天都画同一个场面，却很让我们担心了一阵子。画的中央是一个汽油桶做的歪倒的烤红薯炉子，周围有散乱的红薯，还有几个人。线条虽然还很幼稚，但那画面在我们看来却是栩栩如生。因为这是我们在北京亲历过的一个场面。

　　那天我们一家跟家在人大的兄长两口一起出去坑儿，回到人大大门外，看到有卖烤红薯的，孩子要吃，我们也想吃，

就过去买。烤红薯的一个中年男人,看着就可怜样的。我们
挑了几个让他给我们秤。秤好我们接过红薯,我把一个顺手
就给孩子。就在我们正要付钱的时候,突然有几个城管出现。
他们过来不管三七二十一,嘴里大声喊着什么一下就把炉子
推翻到地。不用说,整齐地摆在炉子上的烤红薯滚了一地。
我们吃了一惊,孩子更是从来没见过大人这么厉害,吓得躲在
他妈身后只偷着看。可怜的中年人只顾给我们秤红薯做生意
了,竟然没有注意到城管过来。几个城管推到炉子后,推推搡
搡大声训斥那个老实巴交的中年人,那意思是说你没长眼睛,
敢在这样的地方摆摊子之类的。

　　我们也一下被吓蒙了。我哥本来是一个比较爱管闲事
的人,这时也没敢说什么。我们愣了一会儿,拿着红薯,带着
孩子赶紧就走了。走回家,我们大人当然免不了议论半天,
唏嘘一阵子。我和兄长惺惺惜惺惺,最同情的是那个老实巴

交的中年男人，很可能就是我们自己。因为以我们的身世，如果没有上大学，那很可能就是一个在大街上卖烤红薯，被城管欺负的民工。

红薯我们那一带叫红苕。烤红苕好吃是不用说的，一般人都喜欢。小时在农村，秋天以后的大半年，我们一家人几乎都是靠红苕熬过来的。粮食收成不太好，收获的粮食还大部分都被上缴公粮，留下的口粮远不够吃。红苕收获量高，所以生产队每年都种一些红苕，收获后分给大家度日。但是在家里一般吃的，基本上都是蒸红苕，很少吃烤红苕。原因很简单，烤红苕比较麻烦，花费柴火不说，还不能大量做。你想，一家只有一个土坯垒的锅台，锅台洞里最多也就只能放两三个半大不小的红苕，烧的柴火也只有麦秸或包谷杆，火力不大，做的饭也只有包谷糁等，都很简单，搞不好放进去的那两个红苕还没烤熟饭就做好了。全家人都要吃，那两个半生不熟的烤红苕够谁吃？所以还是蒸红苕最好，最简单。锅里添少量水，中间扣一个碗，围着碗摆一大锅红苕，盖上锅盖，烧一段时间就能蒸出一大锅粉红粉红的红苕。刚出锅的蒸红苕软软甜甜的，非常好吃。放凉了的虽然没有热的好吃，但也很甜，在外边耍完肚子饿了，跑回家从馍笼里（很少有馍）抓一个凉红苕吃，也很幸福。当然如果正好赶上热红苕出锅，那最幸福不过。

有一年的红苕特别不好吃。那一年不知谁瞎指挥，从河南引进一种新品种，说叫什么"农大红"，产量高，要求所有生产队都种。结果到了秋天收获量确实不少，可是吃起来却非常难吃。个头傻大傻大，不论蒸还是烤，都不好吃。不但不甜不面，里边还有很多纤维，吃起来满嘴丝丝，口感很不好。这是我们记忆中最难吃的一种红苕。

烤红薯也要看品种。一般的红苕比较干，烤出来有栗子面的口感。我们经常在红苕里找一种黄瓤子的，就是里边瓤子是黄色的或红色的，这种红苕特别甜。生红苕就甜，烤熟了更甜，而且还是软的，所以烤着最好吃。相对而言蒸出来因为太软，就没有那种栗子面的好吃了。

日本人也很喜欢吃红薯，而且基本上都是吃烤红薯。以前最有名的品种是"金时鸣门"，个头不太大，生红苕外皮颜色粉红，烤熟后里边栗子面似的，又干又甜，非常受人喜爱。我们还是在大阪上学的时候，有一次妻身体不好，我送她去医院看病。当时正是冬天，看完病出来，看到外边小公园有一个人卖烤红薯，寒冷的空气中飘荡着诱人的香味。我们商量了一下，斗胆过去问怎么卖，说是一百克一百日元，一个烤红薯大概三四百克，应该是三四百日元。我们算一下，当时值好几十块人民币，很心疼。妻子说算了，咱不要了，但我当时也不知怎么了，一改平时小里小气的毛病，像要展现一下大男子汉的英雄气概似的，竟然执意买了一个。我们两个坐在小公园里一人一半，分着吃了。那是我们在日本吃到的第一个烤红薯。品种照例是"金时鸣门"，又干又面，非常甜美。但是最近在日本有名的品种，却是产于鹿儿岛的"安纳芋"。这种安纳芋个头更小一些，外皮颜色也不太好，但是烤出来后却非常好吃。烤熟的安纳芋，里边颜色金黄，肉质软嫩，糖度非常高，口感又软又甜，真可以叫赛蜜糖。其实在我看来，也不过就是我们小时候吃过的那种"黄瓤子"红苕而已。当时虽然比较少，但一筐子里边总有几个，而且个头还很大。可是它现在日本却被推崇到极高的地位，卖得非常贵，我们已经不怎么买了。

不过烤红薯时不时还是吃的，只是吃烤红薯的时候，常常就要说起人大前边那次城管发飙的事。因为那件事不但给我们大人留下了忘不了的记忆，而且也给我们孩子幼小的心灵留下了不小的创伤。那个场面，过了大概有半年他才不画了。

（2014.4）

稀　饭

　　人也奇怪，年轻的时候吃得再饱，马上肚子就饿了，而到了中年以后，还没吃肚子就饱了，一顿两顿不吃，也不觉得饿。上大学的时候，一天三顿饭那是肯定的。虽然早上想睡懒觉，可是学校大喇叭那难听之极的音乐（几乎不能叫音乐）绝对会吵得你醒来，而叫起来做早操的班长，到每间宿舍掀每个人的被子，让你想睡也睡不成。没办法，只好揉着眼睛起来到外边去做早操，做完早操自然就去吃早饭。早饭不外乎就是灰乎乎稀溜溜的稀饭和馒头酱豆腐。吃完饭去上课，两节课下来十点做课间操的时候，肚子就开始叫唤了。到了第三节课，特别是第四节课的时候，几乎就到了痛苦不堪的地步——课是绝对听不进去的，耳朵里是老师的催眠曲，肚子里打群架一样叽叽咕咕地乱叫，脑子里全想的是赶紧下课去排队买饭。好不容易等到老师说下课了，抓起早早收拾好的书包不等老师走就跑出去，一路直奔食堂。没课的高年级生早已打上饭在吃了。在碗架子上先拿到自己的搪瓷碗和勺子，然后赶紧把各个小窗口上边小黑板上写的菜名看一遍，找一个自己觉得差不多的队排上。排到了，你看那一大铝盆西红柿炒鸡蛋，上边一层金黄的炒鸡蛋，觉得今天这西红柿炒鸡蛋绝对不会错，肯定鸡蛋多。可是打到自己碗里的，却几乎全是西红柿，炒鸡蛋几乎要拿显微镜去找。原来那鸡蛋，只在上边铺了薄薄一层，下边就是汪洋大海一样的炒西红柿。一勺打下去，可怜的那一点炒鸡蛋掉进炒西红柿的汪洋大海，哪儿还能看见影子啊。

不过我们也有提前去食堂买饭的时候，一般都是晚饭。吃过午饭，睡一大觉，两点起来睡眼蒙眬上两节课，回来就觉得肚子饿了，就往食堂去。食堂要到五点多才开门，我们很多人就挤在食堂门口，喊着快开门。里边过来一个胖胖的老头师傅（食堂的师傅总是胖胖的），身穿脏乎乎的白衣，隔着门上的玻璃对我们喊："你们上的是师范大学还是吃饭大学？不好好学习，光想着吃饭！"我们则乱喊："我们上的不是吃饭大学，是稀饭大学！"老头乐了："想吃稀饭也没到点呢。"就这样喊喊闹闹地斗着嘴，直到里边一切准备好，胖老头才开门放我们进去。

说到稀饭，学生食堂的稀饭那可真叫难喝。一大锅说是稀饭，还不如说是暗灰色的汤水水。舀上来一勺倒进搪瓷碗里，没有几粒米，还米是米，汤是汤，绝对谁不挨谁，像正在办离婚手续的夫妇似的——本来早已谁不理谁了，可是因为还有结婚证那张外力强制着，没办法还得硬着头皮住在一起。汤的颜色灰暗无光，不知道的人绝对不敢贸然喝，肯定以为是洗锅的泔水。喝到嘴里更是无味,凉冰冰的像看见毫无特点素不相识的路人似的——整个就是一个漠然。我们知道,这只能是把昨天卖剩下的灰不溜秋没有一点儿光亮的米饭倒进大量的水里,随便烧了一下就拿来糊弄我们了。只有那没有一点儿亮色的灰粳米饭能出这个颜色,只有加大量的水不好好烧才能做出这正在办离婚手续的稀饭。

我一直以为大食堂的稀饭,或者说外边食堂的稀饭都是这样子的。但工作后有到广州出差的机会,吃了南方的粥,才知道南方北方的"稀饭"区别很大。南方的粥很稠,用北方人的标准看那只能是泡饭,里边甚至还能加皮蛋呀瘦肉呀肉松呀什么的;而北方的稀饭真是"稀"饭,汤比较多,用南方人的标准来看只能叫汤。我是北方人,可能身体从小缺乏水分吧,一直还是喜欢喝北方的"稀饭",不太习惯吃南方的"稠粥"。

而要说最好吃的稀饭,对我来说还是我妈做的最好。

妈熬稀饭的时候,常常给大米里加一些糯米,再加一点儿碱面,用文火慢慢熬,熬出来的稀饭稀稠恰到好处,汤米融合一起,比那恩爱夫妻、和睦家庭还要恩爱和睦,想拆也拆不开,想分也分不离,油汪汪,光亮

亮,好喝极了。当然我最喜欢喝的还是妈熬的包谷糁,也就是玉米面稀饭。熬包谷糁的玉米粉要不粗不细,太粗了粒硬熬不软,我不太喜欢(有人特喜欢粗的);太细了熬出来的像搅团一样,喝到嘴里没有口感,也不好喝。不粗不细的那种,熬的时候照例要加一点儿碱面,熬出来也是不稀不稠,喝到口里一滑溜就下肚了,口感极好。要是用新包谷糁熬就再好不过了。陈年包谷糁没有油性,熬出来的不会稠糊,而新包谷糁熬出来稠稠糊糊,喝到嘴里滑溜溜润油油的,百喝不厌。小时在农村喝了十几年,到现在我还是喜欢喝一口这个。以至于每次从老家走的时候,还托人从农村买来新包谷糁带到日本,时不时让老婆熬一锅喝喝。我们家现在有一个保留节目就是吃比萨饼,喝包谷糁——怎么样,既开放又不忘本吧?

(2014.9)

茉莉花茶

　　现在的人大都喜欢喝绿茶、乌龙茶,还有普洱茶,其实好多年以前大部分中国人,特别是北方人都喜喝茉莉花茶。茉莉花茶在有些地方也叫香片。张爱玲有一部短篇,就叫《茉莉香片》,一看开头,就觉得哀哀的:"我给您沏的这一壶茉莉香片,也许是太苦了一点。我将要说给您听的一段香港传奇,恐怕也是一样的苦。"刚泡好的茉莉花茶,颜色淡黄,香味浓郁,饮后口舌留香,值得称作"香片"。但是茉莉花茶还是很娇嫩的,稍微多泡一会儿,颜色变成黑红,口味也变得像张爱玲这篇小说,有些苦涩,有些悲哀了。

　　不过我对茉莉花的记忆,却是比较美好的。上大学以前很少喝过茶,也不太知道茶的种类。上大学后看同学的样子,也装模作样喝起茶来,当然买的都是最便宜的茉莉花茶,最悲催的时候买的是茉莉茶末,就是茉莉花茶卖完了,箱子底下最后剩下的细末。这些炫贫的故事现在少有人看,可是除此之外我也没什么值得给人吹嘘的。而且那些细茶末,确实也没有什么值得说的。要说喝茉莉香片,只有一个场景,是我至今念念不能忘记的。

这个场景与洗澡有关,我还是从洗澡说起吧。

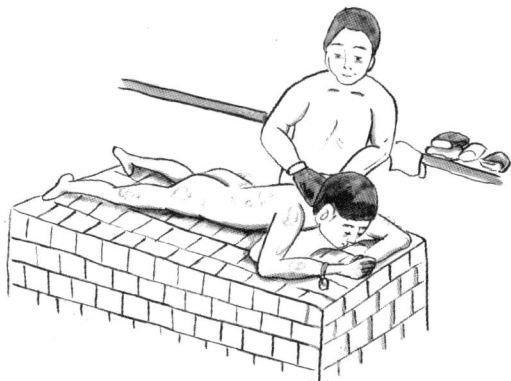

说起来不怕人笑话,我直到十三四岁才第一次在澡堂洗澡。有次好像是寒假,跟母亲一起到父亲的学校(父亲在西安一家大学任教)去。有天父亲说要带我去洗澡。我到那时为止只在村里的涝池边泡过脚,水都从来没有超过膝盖,因为我不会游泳,母亲不准我下水。所以我也好奇,又想去又害怕去。跟父亲到了学校澡堂,一栋二层还是三层高的蓝砖房,砖墙有很多地方渗出水来,墙上还有很多地图一样的白色印迹,砖头有些剥落,砖房旁边有很大的锅炉房和烟囱,冒着白色的不知道是烟还是蒸汽。从里边传出来一股特别的刺鼻味道。买票后进到一个大屋子里,脚底下有些水迹,不太干净,靠墙有些木柜子,有暖气,整个房子里边暖融融的,有人脱衣有人穿衣。父亲叫我脱衣服,说完他自己就脱。我脱了外衣,下边的衬裤不愿意脱,觉得很不好意思。父亲说快脱了，你看人家都脱了。看看周围确实每个人都是光屁股。可是我还是觉得很害羞，我从来没在外人面前脱过裤子啊。在老父亲的再三催促下，我很不请愿地，很别扭地把最后的那点遮羞布也脱了。脱掉那块遮羞布后，我捂着下半身，红着脸赶紧下到池子里，水遮住了，才觉得稍微好意思一点。再看池子外边洗淋浴的人，当然也都是精光精光的。人是个习惯性动物，去过几次以后当然就什么感觉都没有了，跟别人一样，我也一进澡堂门毫不犹豫就能脱得精光。

上大学后北师大的澡堂却出乎我的预料，学生澡堂竟然就是两排用红砖和石棉瓦临时搭建的房子。里边没有衣柜，只有一排长椅，脱下衣服就那么扔到长椅上。而且用的是太阳能热水，去的稍晚一点就没有热水了。更要命的是竟然没有暖气，冬天脱衣服的地方只有一个炉子，根本不管用。本来就冷，脱了衣服更冷，水还不太热，所以每次洗澡都要下大决心，搞不好就会感冒。很长一段时间，我特别怀念父亲学校的澡堂。

有一天我发现了一个好去处，后来竟成为我大学四年非常特别的回忆。这天不知有什么事到西单去，偶然发现西单商场对面有一间公共澡堂。我以前也进过西安小寨浴室，偌大一个西安南郊就那么一家公共浴室，所以那池子就是下饺子，印象极为不好。西单这家门面不大，不注意看几乎看不出来，好像进进出出的人也不太多，不像小寨那家门庭若市的样子，我就斗胆试着推门进去。门口有卖票的，一人可能就是一毛还是二毛，淡蓝色的木柱挂着黑牌子，上边写着晚上住宿过夜一块。我买了一张澡票，然后推开一扇门，小心翼翼进到里边,是一间很大的灯光昏暗的房子。房子里有很多铺着白床单的小床,床头有木柜。有穿白衣服的人过来打招呼。他要过票,给我一张带钥匙的小木牌,小木牌上印有号码,还有松紧带,他要我套到手上。然后带我穿过几个过道,找到木牌上号码的床位,给我说就在这儿脱衣服,脱下的衣服放到床头的柜子里锁好。床上铺的床单洁白,还有白色的枕头和白色的大毛巾。两张床一对,中间一个小茶几,床头的柜子上写着号码。

我放下书包,脱了衣服,把脱下的衣服和书包放到床头的木柜里,然后锁上锁子。偌大的房子,可能因为正是下午,人也不太多,有暖气,一点都不冷。我裹上大毛巾,到洗澡间去洗。洗澡间里边有几个人正在洗,热气腾腾地,里边有淋浴,也有大池子。大池子的水温很高,甚至有些烫。我在大池子里泡了泡,出来准备打肥皂洗一个多星期以来的脏污。池子外边有两个一人长,贴着白瓷砖的台子。这时有一个老头过来示意我躺下。我也不懂规矩,就老老实实躺到台子上。老头先从池子打一桶水,往我身上一浇,然后就打肥皂,打了肥皂还用毛巾给我上上下下搓了个遍,搓得全身通红,我觉得把几辈子的老垢都搓下来了。然后他又打一桶水,往我身上浇,洗掉所有的污垢和肥皂沫,示意说好了。我起来给他说,那你躺下,我也给你搓。我觉得这当然是互相搓澡了。可是他却摇摇手,走了。我只知道北京人热心,但不知道北京还有这么好的人,竟然在澡堂子给人义务搓澡?当然后来我才知道那是专门搓澡的。

洗完澡，觉得好像轻了好几斤，也不知道原来身上有多少脏垢。用毛巾擦干身上的水，躺到铺着洁白床单的小床上，那个叫舒服啊！神仙也不过如此吧——当然咱没见过神仙，也不知道神仙舒服起来到底是个什么样儿。

大房间里能听到此起彼伏的呼噜声。很多人都躺着睡觉。我也躺着香甜地睡了一觉，起来心里美滋滋的。

如此这般，以后每过几个星期就去享受一次。后来有次发现还有更神仙的事。那次洗完澡出来，我照例躺下要睡觉。刚躺下，有身穿白衣的服务员用茶盘端来一壶茶，放到茶几上对我对面床上的老头说："您的香片。"老头斟上香片茶，悠悠然喝起来。嘿，这老头会享福。我问这一壶茶要多少钱，老头说一毛。哦，感情只要一毛啊，那我也来一壶品品。茉莉香片端来，跟对面的老头一样，斟上品了一口，啊呀，这才叫神仙呢！洗得酥软的身体，正要补充水分，这一口茉莉香片下去，全身滋润，真是如入仙境了。品够了，然后躺下美美睡一觉，进去的不用说，当然是黄粱梦乡了。

张爱玲的小说结局果真有点泡久了的茉莉花茶的那种浓浓的黑红的感觉，确实苦涩，令人掩卷叹息。但寒冷冬天，我在西单澡堂泡完热水澡后，躺在小床上的喝的那一壶茉莉花茶，却是刚泡出的淡黄色的茶水，有淡淡的清香，还有幽幽的花香（不怀好意的人可能要说那是肥皂味），当然还有那搓澡老头和昏暗大堂以及洁白床单的京味。

（2014.4）

椰蓉蛋挞

　　我在日本有一个上海朋友，姓很少见，"金、木、水、火、土"五行中的"火"，四十四五岁，有两个孩子，大孩子快要考大学了，几年前他们一家加入了日本国籍，名字也变了，可是我们一直还叫她"小火"。这不光是习惯，更大的原因是因为她漂亮、可爱、亲切、开朗，什么时候你都会不由自主地叫她"小火"。

　　我们认识很早，快二十年了。正确地说，是我知道她快二十年了，可是她认识我，却只有十六七年。

　　那时我是个刚走出校门不久的年轻老师，在西安一所外语学院教对外汉语。老师就是教学生的，只不过我教的不是中国学生，而是外国人留学生而已。虽然每天跟外国人打交道，但学校如果有外国的客人来，却没有我们当老师出面的份，一般都是外事处和校长办公室以及我们对外汉语教研室的领导出面接待。有次正上课，领导突然带进来一帮人参观，说是日本来的代表团视察。代表团里有一个年轻漂亮的姑娘，分外夺目。虽然只进来看了几分钟就都走了，可是那姑娘非凡的气质和耀眼的容貌却使我过目难忘。下课后，远远看见领导陪同那一帮人在校园里参观，心想晚上肯定少不了有宴会，如果能参加就好了。当然宴会照例没有我的份。我本来不喜欢应酬，不参加宴会我一般都无所谓的，但是那次却感到遗憾。后来听领导说那是一个在一家派遣留学生的日本公司工作的中国人，姓"火"，上海人。这是我第一次知道百家姓里还有"火"姓。

后来我有幸作为她公司的客人来日本学日语。来日本所有的手续都是她帮着办的，到日本后也都多亏她帮忙。再后来，我妻子也来日本，我们两家就成了好朋友。她特别热心，给人生地不熟的我们很多帮助。再后来连我们生孩子，都是她鼓动的。没有她的鼓动，没有她给我们说日本生孩子的各种福利，我们绝对下不了决心。因为那时我们还都是学生，所谓"泥菩萨过河，自身难保"，是不可能下生孩子决心的。

前几天她有事打电话来。说完事说闲话，她突然说她特别想吃我们以前请她吃过的"椰蓉蛋挞"。可是我半天不能理解她说的是什么。她解释说很久以前有事到我们家，我们刚从西安回来，请她吃从西安带回来的点心"椰蓉蛋挞"，她觉得从来没吃过那么好吃的。后来她托家人在上海最有名的蛋糕店买同样的蛋挞给她捎来，可是不如我们请她的好吃。那以后，她每次回上海，都在各处找买椰蓉蛋挞，可是再也没吃到那种味道了。多少年过去了，她还是每次跟我们联系都想起那个味道。

她这么一说，我想起来了，是有那么回事。而且那种蛋挞我也特别喜欢，所以才千里迢迢从西安带来。但能把一个人惹到这个程度，而且比上海最有名的蛋糕店的都好吃（要知道上海可是中国西洋文化最发达的地方），我却是万万没有想到的。

那是师大西门外边的一家门面不大的蛋糕店，福建夫妇开的。十几年前蛋糕店还不多，自家烤自家卖的方式也才开始，师大前边有两三家同样的店开张。我们回去听孩子姥姥说叫"新涛点心店"的那家好吃，就进去买。昏暗的铺面，有一圈玻璃柜台，里边放着各式各样的自家烤制的蛋糕。我们开始各样都买了一点儿尝，觉得特别好，特别是椰蓉蛋挞我觉得最好。后来我们就成了那家店的常客。每次回国,肯定要买很多,返回日本的时候,也要带一些。带得最多的,就是椰蓉蛋挞。

我一般是不吃甜点的,也从来没有吃过别的店的所谓蛋挞之类,所以是不是像小火说的那样,这家店的蛋挞比上海最有名的蛋糕店的都好吃不得而知,但这家的蛋挞我确实喜欢。

可惜的是几年前我们回国时再去买的时候,却发现那家店不见了——搞拆迁,不知去向了。我们问过很多人,但是没有一个人知道搬到哪儿去了。曾经有消息说搬到电视塔一带,我们也去找过,可是没找到。开始我们还觉得遗憾,但是随着时间的推移渐渐忘了。小火的这个电话,又勾起了我忘却的记忆。而且这记忆,可能永远只能是记忆的记忆了。

小火最逗人的笑话,是说她回上海的时候在机场碰到一个多年没见的同学,那同学见了她大吃一惊,把她上下端详半天说:"你原来是很漂亮的呀?"其实小火虽然胖了,岁月也不饶人,但还是那么开朗迷人,丰韵犹存。然而那价廉味美的椰蓉蛋挞却再也买不到,再也不能送她了。想到这儿,不免有点儿莫名其妙的伤感。

(2004.5)

香　菜

　　你如果问在日本的中国人最想吃什么菜,十有八九都会回答"香菜"。日本人不吃香菜,日本市场上一般也没有香菜卖,所以对在日本生活的中国人来说,"香菜"即"乡菜",已经成了一种思乡的象征。香菜就是那剪不断的乡愁,香菜就是那解不开的中国情结,香菜就是作为一个中国人的味觉之本——不要怪我说得酸说得过分,我就是这么想的。

　　当年刚到日本的时候,辣子面自己带来,油泼辣子自己做;孜然自己带来,孜然炒肉也能自己做,但是吃饭的时候总觉得缺点儿什么,味道不够地道。后来才反应过来,调了油泼辣子的汤面里少了那几片绿莹莹的香菜。从此我买菜的时候就注意找香菜,可是怎么也找不着。问认识的日本人,说他们不知道还有那样的菜,当然也不吃。

　　有次有事到神户去,顺便去了有名的南京街,在一家菜摊子上竟然发现了香菜,顿时如获至宝。但是一看那价钱,也惊人。三四苗香菜拴在一起,要200日圆(约合人民币15

块)。打一个小时工才挣700日圆,一碗面条500日圆,一个麦当劳套餐500日圆,可是几根香菜就200? 怎么买得下去? 可是我还是买了。那是我的乡愁啊,我已经几年没回国,几年没吃到香菜了。

买回家,我们把香菜放到冰箱,像吃金子一样,一片叶子一片叶子的数着吃。那几根香菜,我们吃了一个多星期。那一个星期,我就像回到西安一样。吃的那面条,也像妈做的,地道、过瘾。

那以后的几年间,只要有去神户的机会就会买一小把香菜。再后来,在大阪的百货商店生鲜蔬菜部偶尔也能找到香菜。这里的香菜更神,长长的两三根,整整齐齐摆在塑料托盘里,用保鲜纸包着,也卖二百多日圆。但可能因为是温室长的,茎长叶少,香菜独有的味道很淡,像像芹菜。可我还是见了就买。那些年买香菜可能把我祖辈几代人在西安吃香菜的钱都花了。

我也有走运的时候。某个时候天上掉下馅儿饼,我们竟然住到有院子有土地的地方。一有能种菜的土地,我首先想到的就是种香菜。马上从国内把香菜种子弄来自己种。几个月以后竟然成功。从此我们就不用再花钱买那四不像的东西,能吃纯正的香菜,我们家的饭,也就更中国化,更西安化了。

我的人生理念是有福同享。既然有这么好吃的东西,日本人又不知道,那我们就极力推广,给附近认识的人都送。可是他们大部分都闻一闻就咧嘴摇头,客气地回绝。但偶尔

也有喜欢上，而且还特别喜欢的人。还有人开始自己也种。我们认识的一个老头，现在种的倒比我们还好。我有一个同事，名字叫"香奈"，日语发音是"KANA"，因为我偶尔送过她，没想到她喜欢香菜已经到了走火入魔的程度，每次见了我就说香菜的事。有次竟然给我说："你以后就叫我'香菜'，不要叫'香奈'了。"在日语里，"奈"和"菜"的发音是一样的，都是"NA"。我当然不能坏人之好，只能成全她，以后每次见了她就用中国话叫她"香菜"，她听了还眉飞色舞。现在"香菜"也开始在自家的阳台种香菜了，当然都是我给的种子。我自称"全日本香菜普及协会会长"，谁要种子都给。现在光我们的周围，就已经有好多人开始种，更多的人开始吃了。

　　日本人不喜欢香菜的一个很重要的原因，恰恰就是我们喜欢得发疯的香菜的味道。在日语里竟然把香菜叫"放屁虫草"！知道这个事实的时候，我这么文明的人也着实地来了句国骂——"X你妈！臭嘴懂个屁！"他们比我们还崇洋媚外，你要给一个没吃过的人介绍说"香菜"，他联想的就是"放屁虫草"味道，肯定直摇头。你一定要给他介绍说这是"herb（香草）"，是"coriander"，是"PAKUCHI"（泰语），大部分人一听就会说要吃。不过话说回来，香菜这种东西，我们陕西人都叫"芫荽"，本来就是地中海原产，通过丝绸之路传入中国的，要说吃 coriander 是崇洋媚外，那咱们比他们日本人还崇得悠久，媚得彻底呢。

(2005.9)

香　椿

　　椿树分"香椿"和"臭椿"。臭椿叶子味道怪怪的,闻了不舒服,可是花媳妇喜欢,臭椿树上爬的最多的就是花媳妇。香椿就不用说了,人人都知道,春天家家的饭桌上都会有香椿炒鸡蛋什么的,就是那玩艺儿。

　　在国内吃香椿没有什么特殊感觉,就是春天的一种味觉而已。小时候吃香椿,妈老给我说"香椿是木头,吃多了肚子里长椿树"。肚子长树我害怕,所以虽然觉得好吃也不敢多吃。长大了虽然根本不相信妈说的那话了,但每次吃香椿都会想起。不过有了就吃没有就不吃,并没有特别想吃的感觉。

　　到了日本,奇怪的是到了春天就想吃香椿。但是日本没有香椿卖。有次在山里看到一种树,叶子很像香椿,摘下一看,根本不对。原来那是漆树,搞不好要得生漆过敏的。从此我开始了漫长的寻找香椿的过程。每到一地,每碰到一个对植物稍有知识的人,都会问一下知道不知道香椿,得到的回答都是不知道。查了日本的厚厚的植物图鉴,终于找到,标明叫"CHANGCHIN"(其实就是香椿的讹传),写明原产中国,在中国嫩叶食用,但是还是一直没有找到实物。

我现在供职的这家大学是一所综合大学,有农学院。有次在校园里散步,无意中看到农学院楼下的一棵小小的树旁立着一块牌子,上边写着"CHANGCHIN,中国名香椿,叶可食用"。我一下兴奋,以为终于找到了。可是再仔细一看,那怎么会是香椿呢?八竿子不沾边的。香椿咱知道呀,咱吃过呀!连农学院的植物专家都搞错,在日本要找到香椿,看来是没有任何希望了。

可是事情就是这么绝,有言道"踏破铁鞋无觅处,得来全不费工夫",这事儿还真让我给遇上了。

我们住的这个城市旁边的山麓有公立的林业试验场,一年四季免费开放,市民随便什么时候都可以进去看花看树。去年春天鲜花盛开的时候他们搞林业科普和宣传活动,去参观的人还能领到一盆花苗,我们也去看热闹。一个不大的山坳里,两边的半山腰都是苗圃,种植有各种花木。阳春三月的温暖天气和透彻的空气,盛开的樱花、迎春花等,迎来了很多市民。我们不愿意凑热闹,就顺着苗木中间的路往里边没有人去的地方走。边走边看两边苗圃的花木,路边的大树。银杏、核桃、茶花……"哎,这不是香椿吗?"妻子突然喊起来。我赶紧过去一看,不是么,路两边有好几棵碗口粗的香椿树,树枝尖有嫩嫩的芽,掰下一个拿到鼻子底下闻闻:"嗯,就是这个味儿!"十几年了,终于找到了!我回头看了一下,没有人，不由顺手摘了几棵无关紧要的嫩芽，想回家来一次香椿炒鸡蛋。再看地上，从树根部长出许多树苗来，真恨不得挖一棵回去。

带着发现的兴奋和摘到的满足以及不能得到的遗憾，我们走回活动地区。正好他们的科普活动结束，林场的人不忙了，我上前搭话，给他说我在里边看到了在日本非常稀罕的香椿。他说那是山东省给他们送来的。我们住的这个地方跟山东省是友好关系，有很多交流，其中就包括农林交流。跟香椿树一起送来的还有白杨树和梧桐树等。我说那嫩芽能吃你知道吗？他说不知道。我说我在日本找了十几年终于才找到。他很惊讶，马上说那我给你挖一棵苗吧。"真的吗？"我不相信自己的耳朵。那人不等我回答，转身就走了。过了老一会儿，真的用一个牛皮纸包抱来一棵树苗给我们，还说要是没活再来。我们连忙道谢，今天这一趟真没白来。遗憾没有了，只有兴奋和满足了。

现在那棵香椿苗在我们家院子的一个拐角苗壮地长着，已经有半人高。工夫不负有心人，"香椿炒鸡蛋"，"香椿拌豆腐"这些在以前只能是回忆中的菜，现在一点儿都不稀奇，

一点儿都不贵重,成了我们家春天的家常便饭。但吃的时候我们肯定不忘提醒孩子:"香椿是木头,吃多了肚子里要长树!"

(2005.9)

炒　饭

　　我在日本有一个忘年交,已经八十多岁了。要说这人的经历,可真不应该打交道。一看年纪就能猜出那些年在哪儿做了什么。但是这老头战后一直致力于中日友好,尽力于姊妹城市友好交流活动,也支援在日本的中国人。我们跟老头认识后,老头给我介绍工作,关心我们的生活,对我们很不错。见面的时候,肯定请我们吃饭,而每次去的都是离他们家有相当一段路程的一家叫做"瑞凤"的中国菜馆。

　　刚开始不明白他为什么要特意开车赶到这家饭馆来吃,后来才知道他以前请从中国来的一个地方政府代表团在这里吃过,都说好吃,他就认定这家好吃。要说日本人也天真,他怎么能知道我们中国人也是讲究给对方面子,说客气话的? 谁能在别人请吃的餐桌上说这里的菜不好吃? 这是个礼节问题,教养问题。可是老头却拿了鸡毛当令箭,只要是请中国人吃饭,每次必到这里。再看饭店生意冷清的样子和服务员可怜的表情,老头带人来这里显然也是想借机照顾这家生意。说实话,这家的菜特别贵,而且特别不好吃。店里也没有人气,每次去都是冷冰冰的。后来我们都开始躲着他请吃饭了。

在瑞凤吃饭的时候,老头每次都让我点菜。我点的菜他也说好吃,可是他自己每次只要一盘炒饭,而且是一盘炒饭跟夫人分着吃,搞得我们后来都不好意思多点多吃了。他是只喜欢吃炒饭呢,还是想省钱?或者仅仅是不会吃,只知道点炒饭?不得而知,当然也不好意思问。

炒饭在日本太普及,不管是街头巷尾的小面馆儿,还是五星级宾馆的豪华餐厅,只要是跟中餐沾边儿的,都会有炒饭。日本人也特别喜欢吃炒饭,也不管是富豪在五星级餐厅,还是一个流浪汉到小面馆儿,可能要的都是一盘炒饭。

在中国,炒饭虽然还不至于像狗肉一样上不了席面,但一般也都是最后上来填食客肚子,那角色跟米饭、馒头、炒面差不多。但是在日本人眼里,可不得了,简直就是中华料理的代表了。日本电视台的烹调节目,经常教怎么做炒饭,而且还都是所谓的中华料理界的重量级人物,振振有辞地谆谆教导,炒饭多么重要,是中华料理的基本,做好了炒饭就等于做好了中华料理等等,看着特神。

日本炒饭的价格材料也各种各样。豪华餐厅可能用大龙虾炒饭,那一盘的价钱能让我北留村的穷哥们一家人痛快地生活一个月;可是一般小面馆儿的,一个鸡蛋一把葱花就是一盘炒饭,那价值也就跟一碗汤面差不多(虽然也能让我的穷哥们过一个星期)。廉价炒饭还有热闹的。日本有很多面馆儿的连锁店。这些连锁店的炒饭,大部分都是在工场炒好,用大塑料箱子运到店,需要的时候盛到盘子里,放微波炉里热一下就端给客人了。超市冷冻食品柜台,也有炒好的饭,也是买回家用微波炉热一下就能吃。有些家庭给孩子的盒饭就是微波炉解冻炒饭。

那老头已经八十多了,前次去看,病得不能出门,终于不能带我们去"瑞凤"吃饭,他也不吃炒饭了。回家的时候我们路过"瑞凤",发现"瑞凤"的牌子已经不见,取而代之的是一家家具店的牌匾——"瑞凤"终于也倒产了。

(2004.5)

寿　司

可能没有人相信,我学驾照的榜样是一个寿司店的七十多岁老太太。

那还是我们住在大阪泉佐野市的时候,因为有孩子了,出门买东西都不方便,我们下决心学驾照。在驾驶学校刚开始学的时候都害怕,开不好。那些老师也刁难,上一次课算一次钱,他们总是找茬子让你过不了那一学时。所以每次上完课都很沮丧,觉得自己怎么那么笨,连车都开不好。这样的时候,我每次都自己给自己打气,说车站前边那家寿司店七十多岁的老太太都会开车,我这么大一个男人怎么能学不会呢? 这么一想,心情就稍微好一些,自信也就增加一些。

这个老太太儿子在我们小火车站前边开一家寿司店,叫"松竹寿司"。儿子大概有四十岁前后,人很精干,总是默默地忙里忙外。但好像没有成家或者是离异了,总之只有这个七十多岁的老太太,也就是他的老妈跟他一起操持这个寿司店。老太太除了在店里帮忙以外,还总是开着一辆小面包车送外卖。那时便宜的回转寿司还不多，一般吃寿司只是这种专门店。而我们那个地方小，车站前边吃饭的只有这家寿司店。所以我们在孩子小，忙不过来的时候也打电话叫外卖，老太太开着小面包车就给我们送到家里来。

大孩子百天的时候我们商量说到哪儿祝贺一下。当时我们没有汽车，去不了远处，而且孩子小也不敢去远处，要说在外边吃饭只能去车站前这家寿司店。到了晚上七点多，我们抱着孩子，第一次进到这家店里。店铺不大，进门右边是一排能坐四五个人的柜台，老太太儿子就站在柜台里边做寿司。左边隔成两个小隔间，里边各放一张炕桌。柜台前坐着

一个中年人正喝啤酒,小隔间只有一间里边坐着两个人在吃
饭。老太太看见我们进去,赶紧过来招呼,问我们坐哪儿。
我们看了看,说就坐柜台前边吧。坐下后,老太太给我们端
来茶水,拿来小毛巾,问我们要什么。我们说今天是孩子百
天,来庆祝一下,所以今天就要两份"寿司特盛(上等鱼做的
寿司套餐)"吧。他们一听我们说孩子百天,都过来祝贺。柜
台里边的儿子拿出啤酒来,其他客人也举起杯子跟我们干
杯,表示祝贺。老太太儿子在给我们把寿司都做好递过来
后,还专门切了一条长长的章鱼触角,说他们日本的习惯,孩
子百天的时候要用章鱼在孩子嘴上抹一抹,这孩子今后就不
会饿肚子了。我们就照他们说的拿起煮熟的章鱼触角,在孩
子嘴上抹了抹。不知和这次经历是否有关系,我们家大孩子
直到现在还特别能吃饭,总是说肚子饿。我们平时打电话都
要的是最便宜的寿司套餐,这次在寿司店师傅在里边直接做
好递过来的上等寿司,鱼片不但比平时的大好多,也新鲜活
亮;米饭也是与人的体温同等的标准温度,不是平时吃的那
种凉米饭;鱼片和米饭之间的山葵泥似乎也是现搓的上等山
葵泥,有刺激但不呛。夹一个蘸一点酱油,鱼片米饭团一起
吃到嘴里,鱼片冰滑,米饭温暖,咬着有弹性,不过分软,果然
好吃。看来寿司还是师傅在面前现做现吃的最好,回转呀外
卖都是邪门歪道了。超市和大街上小摊卖的那些号称寿司
的海苔米饭卷,就更不用说了。

给孩子在寿司店庆祝过百天后,老太太更是关心我们
了。有时候给别人送外卖路过我们家门前,看见我们就停下

车,从车上拿下柿子什么的给我们。更令我感动和不解的是有次暑假我们带孩子回国看望父母,到寿司店前正好碰到老太太出来送外卖,她看见我们大箱小箱拖家带口的,就问我们这是去哪儿。听我们说回家看望父母后,老太太回头看了一眼店内,那样子好像是想知道她儿子看没看见她似的,然后悄悄从怀里掏出一万日元来送给我们,说回去给父母买点什么。突然的事情,我一时没有反应过来是怎么回事,老太太就匆忙开车走了。我们也要赶车,只好就收了钱赶路了。老太太给儿子帮忙,儿子小本生意,不会给她开什么正儿八经的工资的,最多每月给几个零花钱。可是老太太竟然拿出一万日元给我们,要我们回去孝敬父母,怎么想都令人感动。

后来我们搬家到了山口,就失去了联系。今年有机会回去看看,发现当年冷清的车站前有了咖啡店、小医院、小饭馆、美容店等,相当繁华了。可是老太太家的寿司店却不见了。一直关心我们,被我暗暗当做奋斗目标的老太太应该八十多快九十了吧,不知道是否还健在。

(2014.10)

山葵泥

　　我在日本有一个美国朋友，老家在阿拉斯加。可是你若问他是哪国人，他肯定很困惑、很为难、很不情愿地回答说自己是美国人。因为他的祖先是瑞典人，老早就在阿拉斯加活动，他认为是美国把他们占领了。还有一个原因是这位老兄对老美的帝国主义行径不满意，不愿意同流合污。

　　这位老兄跟他不愿同流合污的同胞一样，人高马大，性格憨厚，不善言辞，皮肤煞白，大冬天的都穿 T 恤，我们背后都叫他"白熊"。白熊是个数学天才、电脑专家。可是每次在学校碰见的时候，他手上不是拿着空竹在转就是拿着平衡棍在玩儿。可能天才都这样有点儿怪吧。不过他一个没有正式工作的人能过这样神仙般的日子，其实还是托我们中国人的福。因为他老婆是个中国人，在我们大学当教授，有收入，能养活他。老美也有依靠我们中国人的时候，想到这儿不免阿 Q 一下。

　　白熊憨厚老实还表现在给什么吃什么，吃什么什么香。特别是吃寿司的时候，他那吃的样子看着不但香，甚至可怕。

寿司本来在鱼肉和米饭之间夹有山葵泥，一般人用筷子夹起寿司再蘸一点儿酱油就行了，可是他不行。他每次都特别再要一小碟山葵泥，给每个寿司的鱼肉上边都再堆一大筷头山葵泥，再给山葵泥上摞一大堆腌生姜片，直到那寿司都看不见原来的样子，上边不能再堆砌什么了，他才小心翼翼用筷子夹起来，然后重重地蘸上酱油，张开大口一口吞下。我在日本多年，从来没见过如此吃山葵泥的！更令人惊诧的是放那么多山葵泥，他却并不知道呛。像他那么放，一般人谁都会呛得鼻涕眼泪一起流，不翻也倒。但是他却面不改色心不跳，完全一副没事儿人状。我和妻子曾经私下认真讨论：是不是因为洋人鼻子高，鼻孔粗，构造跟我们东方人不一样？

说山葵泥，可能一般人不太明白，其实就是国内人说的"绿芥末"，或者叫"青辣芥"。实际上除了呛味跟芥末有些相似以外，本来风马牛不相及。山葵菜是一种生长在清澈水流中的植物，根茎叶都可以食用，味辣、呛。特别是根茎，不但有强烈的刺激性呛味，还有一定的消毒作用，所以在我们的中医里是入药的。日本人也不知谁先开始的,反正吃生鱼片、寿司、荞麦凉面时绝对少不了。他们把山葵叫"WASABI",一般用根茎在鲨鱼皮做成的小搓板上搓成山葵泥食用。不过这种真正的山葵菜只能在流动的清水中生长,产量低,成本高,所以市场价格特贵,在日本除了高级料亭(高级日本料理餐馆)以外,一般的饮食店和家庭是很少用的。一般料理店,包括比较讲究的寿司店以及市面上卖的所谓山葵泥都是用同科而产量高的西洋山葵菜末做的替代品。呛味很像,但是不一样。真正的山葵根茎搓成的山葵泥味呛而淳,辣而绵,性格温厚,不急不躁,一句话,有风度,显深度,有品位。而一般食用的西洋山葵菜做成的山葵泥,虽然也辣,也呛,也有山葵泥的风味,但是总显急躁、潦草、浅薄,没有深度、不显醇厚。可怜我等平民百姓,生平少有食用真正山葵泥机会,反倒把平时吃的西洋山葵泥当真正的WASABI了,如果哪天偶尔吃到真正的山葵泥,反倒会觉得味道不够冲,不够呛,不够刺激,没劲。就像我妻子,平时太忙,也为了节省,经常喝速溶咖啡。现在习惯了速溶咖啡,到咖啡馆去喝现磨现煮的,反倒觉得不习惯了。

我口味重,也喜欢吃山葵泥那味道,所以吃生鱼片和寿司时,比一般日本人都要多放一些。但是怎么也比不上"白熊"——在这个意义上,他是个真正的奇邦异人,我们是不能理解的——虽然在反美帝这点上我们有许多共同语言。

(2004.6)

关东煮

我在日本已经是第九次过年了，可从来也没有感觉到是在过年。

小时候总是从过了年就开始盼过年，总嫌日子过得慢，恨不得天天过年。过年对我们小孩儿来说有很多好处：可以穿新衣裳，可以吃上肉和很多平时连想都不敢想的好吃的东西。比如凉拌豆芽、凉拌莲菜、芹菜炒肉片、炒粉条等等，还有白蒸馍、臊子面。当然大年初一早上少不了萝卜馅儿的饺子——妈总不准我们说"饺子"，而要说"馄饨"。因为饺（搅）会把一切都搅乱，而馄（浑）是圆满的，是吉利的。可我总是记不住，总是一开口就说"饺子"，因而也总是被妈骂。但我觉得最好的还是能开心地玩儿。妈不会像平时那样逼着让帮干活，也不会问作业做完了没有。外边都是人，大家都穿着新衣裳，脸上充满着笑意，看上去都很幸福。大人们在荡很高很高的秋千；小伙子们在街上转来转去，时不时地会放一个雷子炮，那是前一天晚上放剩下的；大姑娘们更是穿得花花绿绿，围成一堆一堆，嘻嘻哈哈的谁也不知道是在说什么。我们小孩儿们或者堆雪人，或者滚铁环，或者跳房子，或者打弹球，或者玩打仗……女子娃们或者蹦蹦跳跳踢毽子，或者把头钻在一起玩抓子儿。总之热热闹闹，天不黑不散。天黑了吃完饭又打出用纸糊的各式各样的灯笼来互相比美，互相撞。撞到最后烧着了，我们小孩儿免不了心疼得哭，大人们却说烧了好，烧了好，把晦气都烧了，这一年就红火了。灯笼烧了反而好这件事我很久都不能理解。每次把自己心爱的灯笼烧着了，我都心疼得大哭不止。

来到日本后一切都不一样了。元旦的那一天，街上冷冷清清的，连平日总是堵在一起的汽车都没有几辆，行人也没有几个。所有的门都关着，门上挂着用稻草、橘子、草叶子和白纸条做的装饰。有的人家在大门两边摆放着两个用竹子和松枝等做的"门松"，有的人家只在大门两边各挂上一根用白纸条缠了一圈的带根的筷子长短的小松苗。店铺的落下来的铁卷帘上几乎都要贴一张贺年的纸。有的是印好的，上边有表示喜庆的红日、松树、竹子等，还算有各种颜色。有的仅仅是白纸上用黑墨写着"恭贺新年"几个字，给人的感觉就像是死了人的讣告似的。一点儿声响都听不见，静得像深夜一样。要不是偶尔有几声狗叫，你真不会觉得这里还有人生活着。我时常想，极地漫长的白夜大概也不过如此吧！

今年元旦，一是随着日本的习惯，二是也闲得无聊，妻子对我说："我们也到哪儿参拜去吧？"我说："好吧。"我们便带孩子去附近的一座叫做水间寺的寺庙。每年都在电视上看到各地寺庙神社参拜的盛况,还看到他们最后点"赛钱(参拜客的香钱)"的样子。据说参拜客多的寺庙,银行的人帮着得点好长时间。我们那天也终于在渡日六年后第一次去凑热闹了。

水间寺据说是大阪南部比较有名的一座寺庙,很多人从很远的地方赶来参拜,所以人特多,像赶集一样。不太宽的参道上人们摩肩接踵,熙熙攘攘,拥挤得像早上高峰期的电车似的。参道两边摆满了各种摊点,有卖玩具的,有卖面具的,更多的是卖棉花糖、炒栗子、炒面、烤鱿鱼、杂拌火烧、章鱼丸子、烤香肠等小吃的。我们抱着孩子好不容易挤到大殿前边,远远扔进去几个钢镚儿,合上掌拜了拜,就赶紧退了出来。大殿前边香烟缭绕的大香炉周围也都是人。人们不停地抓一把抓不住的烟往自己身体的各个部位拍。据说这烟能治腰疼腿疼脚疼背疼膝关节疼等等,拍到头上还能使人聪明。我们也照样抓了几把抓不住的烟往孩子的头上拍了几下。至于灵验不灵验那就要等很多年才能见分晓了。

我们也想买点儿什么东西吃,又觉得这里边人太多,而通往车站的路上也有好几个摊子,心想那儿人不会太多吧,于是就往回走。谁知持这种想法的不仅是我们,每个摊位前都排着一长串人。我们只好停在一个摊前,排在后边。轮到我们了,我要了两份煮炖(萝卜、豆腐、鸡蛋、鱼丸子、鱼粉卷儿等和牛筋煮成的一种小吃,国内一般称作"关东煮")。不一会一个小姑娘一手一个端来两个用泡沫塑料做成的小盘子,里边各有一块萝卜、一个鸡蛋、一块豆腐、一个鱼粉卷

儿和一个鱼丸子。我取出钱包边掏钱边问："多少钱?"小姑
娘细声细语地说:"两千元。"我掏钱的手突然停住了。煮炖
我们都很爱吃,冬天出去玩儿,总要在摊子上买这玩意儿吃,
可是从来没听说过这样的价,好家伙比平时贵一倍以上。我
看了那姑娘一眼,可爱宜人的脸上露出一丝歉意的微笑。我
知道她不是在开玩笑,就挑出两张千元的票子递了过去。看
着转过身往回走的姑娘的背影,我和妻子面面相觑,都觉得
上了当。怎么刚拜完佛,刚给佛献了钱,刚许了愿,刚出寺庙
就被骗了? 今年可是要倒霉了。我们只好自己取乐,拼命想
着这两份煮炖很高级,与平时的不一样。于是我们很香很香
地吃光了它们。

　　我后来给一个70多岁的朋友说起这件事,他说你怎么

不想元旦出这样的事是好运而不是坏运呢？也许今年一切都会因此而好起来的。一瞬间，我回到了小时候的感觉上，我好像感觉到了日本过年的味道，我明白了人们追求好运，追求吉利的心情实际上都是一样的。

可是我马上就回过神来。我怎么也不能完全回味那童年的时光，无论如何也没法把在日本过的年和在中国过的年画上等号。那静静的街道让我感到沉闷，那白纸黑字使我觉得晦气，那拥挤的人群使我望而生畏。我于是知道，我这是在外国。

（原载《人民日报·海外版》1996 年 1 月 3 日。原题《过年的感觉》。个别字句有改动）

后　记

　　这本小册子里收录的随笔大部分都是十年前断断续续写的。这次趁收集成册的机会通读了一遍，发现里边写的好多事情都和目前的现实不太吻合了。比如写的国内的情况，那时我们还比较落后，相比日本还是一个发展中国家，看日本的事情心态不正常，底气很不足；再比如我孩子那时还小，我也比现在年轻十岁……还有一个问题是，过了上十年，很多情况都发生变化了。比如我有次在北京专门到新街口去找那家担担面馆，竟然还在，而且那个胖姑娘竟然也还在，但胖姑娘显然已经当上领导了，穿的衣服也干净了，也不用卖票了，而是在招呼；再比如我自己现在已经不那么忌讳咖啡，甚至有时还想喝一口了；还比如我刚到日本给我极大帮助的小火，大孩子从京都大学医学部毕业已经当上了令人羡慕的医生，她自己也回上海去了；大学时代一起去秦皇岛，一起喝咖啡的那位最要好的女同学不幸英年早逝，等等，本来也想改写一下，把后来的变化都写进去。但一想，人总是随着时间的推移和阅历的丰富渐渐忘掉那些淳朴的记忆和率真的感受，如果改写了，那就不是我当时的感受了。我珍惜我当时的那些素朴的感受。所以我还是放弃了改写的想法，只改了个别字句，基本保留了当时的原样。为了既保留时代感，又不至于使读者觉得我是睁着眼睛说瞎话，每篇文章最后都保留了当时写作的日期。

本书部分内容在国内报刊杂志用不同笔名发表过。可惜的是发表后我基本上没看到实物(似乎国际邮件对报社来说还是一种负担)，也几乎没拿到过稿费，所以手头没有能确认发表报刊和日期的材料，恕不一一标注。因此如发现某篇文章似曾相识，敬请谅解。

最后，感谢石堂由树女士给本书创作了大量插图。这些插图，弥补了本书文字的不足，给本书增辉不少。当然最感谢的还是出版社的彭毅文女士，没有她的不懈努力，这本小书是不可能面世的。

去年夏天，我最爱的母亲在与病魔搏斗若干年后驾鹤西去。我母亲的伟大，不仅在于在最困难的时期把我们兄弟姐妹五个拉扯大。我母亲的伟大之处还在于即使在那样连肚子都填不饱的极端困难、人妖颠倒的年代，在北留村那个贫穷落后的地方，还给了我们兄弟姐妹最好的教育，给了我们兄弟姐妹最高的人生，给了我们兄弟姐妹终生受用的人生教诲。只要有一口饭一块馍，母亲再苦再饿都会给我们吃；家里家外再苦再累，只要我们说有学校作业，母亲肯定不会要

我们帮忙;母亲用农民几千年最朴素的格言和美德,教我们
养成良好的习惯,使我们健康成长。母亲最严厉的是绝对不
准我们抽烟喝酒赌博,我们至今都恪守不渝。母亲的那些言
传身教,已经成了我们的传家宝,直接影响着我们自己的子
女成长。读者也许能从这本小书的很多篇章里看出我最爱
的母亲那些慈祥和仁爱、平凡而伟大的点点滴滴。

　　请允许我在此表达对我最爱的母亲深深的哀悼之意。

何晓毅

2014 年 10 月 10 日

记于日本山口

图书在版编目(CIP)数据

食遇/何晓毅著;(日)石堂由树插图.—上海:上海三联书店,
2015.7

ISBN 978-7-5426-5120-4

Ⅰ.①食… Ⅱ.①何…②石… Ⅲ.①随笔-作品集-中国-
当代②杂文集-中国-当代 Ⅳ.①I267.1

中国版本图书馆 CIP 数据核字(2015)第 052033 号

食遇

著　　者 / 何晓毅

插　　图 / [日]石堂由树
责任编辑 / 彭毅文
装帧设计 / 徐　徐
监　　制 / 李　敏
责任校对 / 张大伟

出版发行 / 上海三联书店
　　　　　(201199)中国上海市都市路 4855 号 2 座 10 楼
网　　址 / www.sjpc1932.com
邮购电话 / 021-24175971
印　　刷 / 上海叶大印务发展有限公司

版　　次 / 2015 年 7 月第 1 版
印　　次 / 2015 年 7 月第 1 次印刷
开　　本 / 850×1168　1/32
字　　数 / 200 千字
印　　张 / 8
书　　号 / ISBN 978-7-5426-5120-4/I·1005
定　　价 / 28.00 元

敬启读者,如发现本书有印装质量问题,请与印刷厂联系 021-66019858